내 별자리의 비밀언어

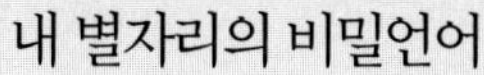

THE SECRET LANGUAGE OF
RELATIONSHIPS

내 별자리의 비밀언어 16
게자리 III

초판1쇄 인쇄 | 2002.11.16.
초판1쇄 발행 | 2002.11.23.
지은이 | 게리 골드슈나이더 · 주스트 엘퍼스
옮긴이 | 최소영 · 최이정
펴낸이 | 신성모
책임 편집 | 김영미
편집 | 김윤창 · 고수경 · 지은경 · 김보영
북 디자인 | 오진경
영업, 홍보 | 최승필
관리 | 이영하
펴낸곳 | 북&월드
등록_2000년11월23일 제10-2073호
서울특별시 서대문구 창천동68-68 기린하우스A동 501호
전화(02)326-1013 팩스(02)326-0232
이메일 onlybook@hanmail.net
ISBN 89-90370-16-7 03840
     89-90370-00-0 (세트)
ⓒ북&월드, 2002. Printed in Seoul Korea

* 책값은 뒤표지에 표기되어 있습니다.
* 파본은 구입하신 서점에서 교환해 드립니다.

THE SECRET LANGUAGE OF RELATIONSHIPS

내 별자리의 비밀언어

48개 별자리로 본 나의 성격과 인간관계

게리 골드슈나이더 · 주스트 엘퍼스 지음 | 최소영 · 최이정 옮김

7월 11~18일　●　게자리 Ⅲ　●　설득의 주간

북&월드

인간관계의 비밀을 찾아서

두 존재의 상호작용, 관계

우리의 삶이란 결국 사람들과의 상호작용이다. 그 사람은 친구일 수도 있고 연인이나 배우자, 부모, 자식, 혹은 직장동료일 수도 있다. 우리는 이들과 나누는 상호작용을 '관계'라고 부른다. 우리의 인생에는 많은 사람들이 둥지를 틀고 있다. 그들은 누구일까? 그들의 깊은 갈망, 비애, 성취, 그리고 기쁨은 무엇일까? 내 자신보다 그들을 더 잘 이해한다는 것이 가능할까?

사실 인생의 바다를 헤엄쳐갈 때 타인과의 관계는 때로 우리를 무수한 고민과 좌절에 빠뜨린다. '타인은 바로 나 자신의 반영'이라는 명제도 있지만, 그렇다고 해서 우리가 꼭 자신과 비슷한 사람에게만 끌리는 것은 아니다. 어떤 때는 단지 성적으로 잘 맞는다거나, 혹은 나에게 도움이 된다는 아주 실용적인 이유만으로도 관계가 이루어진다.

그런데 내가 맺고 있는 관계의 많고 적음이 중요한 것은 결코 아니다. 슬픔과 기쁨, 성공과 좌절을 함께 나눌 특별한 한 사람, 어쩌면 우리는 그

한 사람을 찾기 위해 이렇게 살아가고 있는 것인지도 모른다. 그리고 그런 사람을 만난다면, 그때가 바로 인생에서 가장 위대하고 숭고한 순간일 것이다. 무릇 관계란 그 자체가 하나의 존재라고 할 수 있다. 즉, 관계는 두 인간존재 사이의 상호작용을 넘어서는 힘을 가지면서 두 존재에게 영향력을 행사한다. 똑같은 사람이라도 그가 어떤 관계 속에 있는가에 따라 각기 다른 모습을 드러낸다. 또 어떤 경우 사람은 마음에 들지 않지만 그 사람과 형성하고 있는 관계 자체가 즐거울 수도 있다. 관계는 두 사람의 합이 아니라 그 둘의 의지를 넘어서는 제3의 존재인 것이다.

48개 별자리

당신은 이 책에서 이제까지 보아왔던 양자리, 처녀자리 등의 별자리 이름 대신 양-황소자리, 처녀자리 II와 같은 별자리 이름을 보고 의아해 했을 것이다. 여기에서는 별자리를 기존의 12개로 나누는 대신 총 48개로 나눈다. 이것은 두 별자리 사이의 겹쳐지는 부분(이것을 커스프cusp라고 부른다. 이 단어는 책 전체에 걸쳐 계속 사용되므로 기억해 두어야 한다)에 주목하여 전통 점성학을 발전시켜 별자리를 더욱 세분한 것이다.

두 별자리 사이의 겹쳐지는 부분, 즉 커스프는 모두 12개가 나오는데 그중에서도 각각 춘분, 하지, 추분, 동지를 의미하는 커스프인 물고기-양자리, 쌍둥이-게자리, 처녀-천칭자리, 사수-염소자리가 특히 중요하다. 그리고 커스프에 태어난 사람들은 성격이나 행동방식이 좀 유별나다. 그들은 세속적이며 예측 불가능하고, 까다로우며 관습에 얽매이지 않는다. 그래서 커스프에 태어난 사람들끼리는 잘 통하고 쉽게 매력을 느끼기도 한다.

커스프와 커스프 사이에는 하나의 별자리가 있게 되는데, 이 책에서는 그것을 다시 3개로 나눈다. 그래서 같은 물고기자리라도 물고기자리 I, 물고기자리 II, 물고기자리 III으로 나뉘는 것이다. 이렇게 해서 총 48개의 별자리가 탄생하는데, 그 기간은 각 별자리마다 조금씩 달라 어떤 별자리는 6일간이고 어떤 별자리는 9일간이다. 별자리를 48개로 나누는 이 구분법은, 기본적으로 지구를 감싸고 있는 '황도대(태양의 둘레를 도는 지구의 궤도가 우리가 보는 하늘, 즉 천구天球에 투영되었을 때의 궤적을 의미한다)'라는 띠와 12개의 별자리를 인정한다는 면에서는 기존의 점성학과 다르지 않다. 그러나 기존의 12개 별자리 분류법보다 훨씬 정교하고 구체적이다. 이것이 이 책의 가장 큰 특징이다.

세 가지 원의 비밀

먼저 전통 점성학에서 말하는 12개의 별자리로 이루어진 황도대라는 첫번째 원이 있다. 그리고 두번째 원은 사계절을 만들어내는 지구의 공전 운동을 의미하며, 세번째 원은 태어나서 죽을 때까지 인간의 일생을 나타낸다. 묘하게도 이 세 가지 원은 서로 비슷한 특징과 스타일을 보여주는데, 바로 이 세 가지 원을 통해 48개 별자리를 분석하는 것이다. 이 세 가지 원에 대해 좀더 자세히 알고 싶다면, 책 뒤에 실린 부록 〈세 가지 원의 비밀〉을 보면 된다.

1,176가지 관계 유형

다른 점성학 책들에서도 이를테면 '쌍둥이자리와 처녀자리' 혹은 '염소자리와 물병자리'가 서로 어떤 관계인지를 이야기한다. 그것들은 대개 연인 관계에 대한 분석이었을 것이다. 또 12개의 별자리로부터 파생된 것이므로 전부 78개의 관계에 불과했을 것이다.

그러나 전체 별자리가 총 48개일 경우에는, n(n+1)/2이라는 순열공식에 의해 정확히 1,176개의 관계 유형이 생겨난다. 그리고 이때 당신은 당신과 같은 별자리를 가진 사람과의 관계를 포함하여 모두 48개의 관계 유형을 가진다. 《내 별자리의 비밀언어》 시리즈는 1,176개의 관계 유형을 별자리별로 묶은 것이므로, 당신은 당신 별자리에 해당되는 책 한 권만 선택하면 된다. 그 안에 당신이 맺을 수 있는 모든 관계 유형에 대한 설명이 나와 있다.

뿐만 아니라 관계의 영역도 훨씬 세분화했다. 관계에는 꼭 사랑과 결혼만 있는 것이 아니다. 이 책에서는 관계를 다섯 가지의 삶의 영역과 연관지어 이야기한다. 사랑, 결혼, 우정, 가정, 일이 그것이다. 그리고 경우에 따라 좀더 구체적으로, 혹은 좀더 추상적으로 분류하기도 한다. 예를 들어 선생님과 제자, 적수 혹은 경쟁자, 육체적인 관계, 단순히 알고 지내는 사이, 동업자 같은 유형의 관계도 포함한다.

당신에게 가장 잘 맞는 짝

전통 점성학에서는 황도대에서 120°를 이루는 사람들끼리 가장 잘 맞는다고 생각해 왔다. 120°를 이루고 있다는 것은 그 별자리를 이루고 있는 원소가 같다는 걸 의미한다. 그러니까 게자리Ⅲ(물의 별자리)인 당신은 또 다른 물의 별자리인 전갈자리나 물고기자리와 잘 맞는다는 말이다.

이런 이론이 틀린 것은 아니지만 항상 맞는 것도 아니다. 전통 점성학에서 상극으로 보는 관계들, 예를 들어 바로 옆에 인접한 두 별자리나 완전히 대칭을 이루는 별자리와도 당신은 성격적으로 잘 맞을 수 있다. 그리고 이 책에서는 상황이 훨씬 복잡해진다. 왜냐하면 각각의 별자리가 네 개

로 나뉠 뿐만 아니라, 관계 역시 다섯 개의 영역으로 구분되기 때문이다.

이 책을 읽다보면 당신은 자신이 어떤 타입의 사람들을 가장 좋아하는지 궁금해질 것이다. 가만히 당신 주변 사람들을 한번 관찰해 보라. 의외로 그들이 한두 개의 별자리에 집중되어 있을 것이다. 이것은 당신이 같은 유형의 성격과 관계에 반복해서 끌리고 있다는 말이 된다.

사랑, 결혼, 우정, 가족, 일

어떤 두 사람은 연인으로서는 황홀한 사랑을 키워가지만, 매일의 일상을 함께하게 되는 결혼 관계에서는 서로에게 상처만 주는 상대일 수 있다. 또 비즈니스에서는 서로에게 자극을 주는 훌륭한 라이벌이지만, 우정을 나누는 속깊은 친구로서는 맞지 않는 경우도 있다. 그러므로 관계를 이야기할 때는 영역에 따른 해석이 필요하다. 이 책에서는 사랑, 결혼, 우정, 가족, 일 등 크게 다섯 가지 영역으로 나누어 보았다.

사랑은 사실 모든 관계를 아우를 수 있는 개념이지만, 이 책에서는 남녀 사이의 사랑
연애에 국한했다. 이 관계의 특징은 감정적으로 강렬하고 현실감각을 결여하고
있어 오래 지속되기 어렵다는 것이다. 섹스 또한 이 영역의 중요한 주제인데, 그
렇다고 에로틱한 사랑에 국한하지는 않았다. 실제로 많은 연인들이 육체적 결합
의 만족도에 크게 좌우되지 않고 자신들의 사랑을 키워나가기 때문이다.

일　대부분의 직장동료는 스스로 선택한 것이 아니다. 그러나 당신이 인사담당자라면 두 사람이
잘 지낼 수 있는지를 파악하기 위해 이 책으로 한번 점검해보는 것도 좋을 것이다. 일이라는 영역
안에는 회사 동료, 고용-피고용 관계, 중역으로서의 동료, 사업 파트너, 고객 관계, 프리랜서 관계
등 다양한 종류가 있다.

결혼　결혼의 절반이 이혼으로 끝나는 이 시대, 결혼에 대한 여
러 가지 의문들에도 불구하고 아직까지 결혼은 인간사회
의 가장 강력한 제도로 남아 있다. 이 책은 두 사람이 결
혼생활에 잘 맞는지에 대해 아주 신중하게 서술하고 있
다. 결혼은 사랑과는 또 조금 다른 문제이기 때문이다.

가족　이 책에서 가장 자주 거론되는 가족 관계는 부모자식과 형제 관계이지만, 가
끔은 조부모나 좀더 먼 친척 관계들도 등장한다.

깊은 우정은 사랑과 결혼의 요소를 함께 가지고 있다. 서로에 대한 애정이 토대가 우정
되어야 하면서도, 한편으로는 결혼생활과 마찬가지로 일상의 경험을 함께하기 때문
이다. 이 책에서는 아주 유익하다고 증명된 우정과 매혹적이긴 하지만 더 이상 발전
시키지 말아야 할 우정을 구분하는 데 역점을 두었다.

★
이 책은 7월 11~18일에 태어난
별자리가 게자리 Ⅲ 인 당신을 위한 책입니다

1 책의 구성

이 책은 크게 당신의 성격을 알아보는 부분 〈**별자리로 본 당신의 성격:
17~27쪽**〉과 당신이 맺을 수 있는 인간관계들을 분석한 부분 〈**48가
지 인간관계 스펙트럼: 29~223쪽**〉으로 구성되어 있습니다.

2 48가지 인간관계

이 책은 순서대로 읽어도 되지만, 당신과의
관계가 궁금한 상대가 생길 때마다 그 사
람의 생일을 알아내어 〈**관계 찾아보기:
14~15쪽**〉에서 해당되는 페이지를
찾아 읽어도 재미있습니다.

관계 찾아보기 Index of Relationships

이 ≪내 별자리의 비밀언어≫ 시리즈는 기존의 12가지 별자리를 48가지로 더욱 세분했기 때문에, 총 48권의 책으로 이뤄져 있습니다. 그러나 당신에게 필요한 건 그중 딱 한 권입니다. 당신이 태어난 날(양력 생일)에 해당하는 기간의 책 한 권만 선택하면 됩니다.

3 관계 첫 페이지 구성

왼쪽 상단: 당신의 별자리
오른쪽 상단: 상대방의 별자리
제목: 두 사람 관계의 핵심 키워드

4 두 사람의 관계를 한눈에

왼쪽: 두 사람이 좋은 관계를 이루기 위해 주의해야 할 점
오른쪽: 두 사람 관계의 강점과 약점.
두 사람이 어떤 관계로 만
날 때 가장 좋고,
가장 힘들까?

게자리 III **7월11-18일** 10월3-10일 천칭자리
Cancer III THE WEEK OF THE PERSUADER　　THE WEEK OF SOCIETY Libra II

영혼의 결합

A Bond of the Spirit

기쁨은 물론 슬픔도 나눠라.
서로 공감하라. 마음을 열고 이해하라.
농담이 칼이 되어서는 안 된다.

이든, 일단 웃음을 불러일으키는 것이라면 무엇이든 효과적이다.

　두 사람은 서로 잘 대접해 주기 때문에 대체적으로 관계에 만족한다. 스승과 제자의 관계, 혹은 부모와 자식 관계에 비유할 수 있다. 이때 어른 역할을 맡는 것은 주로 양자리 III 이다. 다행히도 양자리 III 은 당신의 복잡한 심리를 다룰 만한 이해심과 참을성을 갖추고 있다.

게는 불만으로 남는다.

　두 사람의 사랑은 로맨틱하든 플라토닉하든, 육체적으
끌린다. 그래서 섹스에서 잘 맞으며 스포츠, 체력 단련,
램 등을 함께 해도 아주 좋다. 같은 팀이라면 훌륭한 팀이
것이고, 다른 팀이라면 훌륭한 맞수가 될 것이다. 두 사람

차례

contents

관계 찾아보기 Index of Relationships

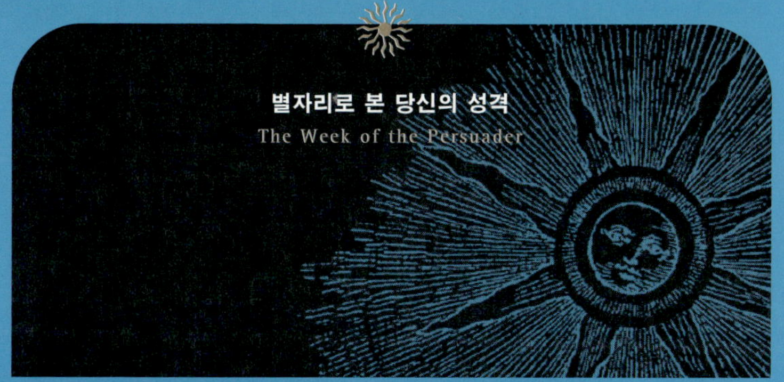

설득의 주간에
태어난 당신은 이런 사람입니다

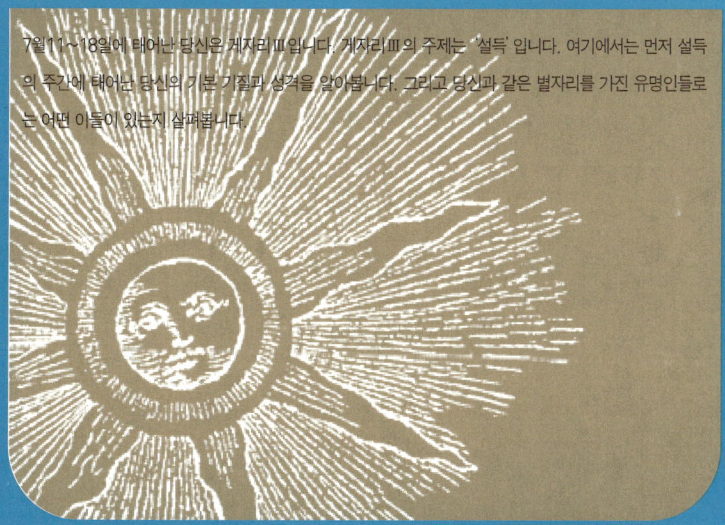

7월11~18일에 태어난 당신은 게자리Ⅲ입니다. 게자리Ⅲ의 주제는 '설득'입니다. 여기에서는 먼저 설득의 주간에 태어난 당신의 기본 기질과 성격을 알아봅니다. 그리고 당신과 같은 별자리를 가진 유명인들로는 어떤 이들이 있는지 살펴봅니다.

게자리 III의 중심 이미지는 '설득'이다. 사람의 나이로 봤을 때 이 별자리는 20대 중·후반에 비유될 수 있다. 이때가 되면 대인관계나 일에서 설득하는 능력이 발휘되기 시작한다. 모든 방법을 다 시도하고, 모든 기회를 다 활용해 보는 그런 시기인 것이다. 자기 이름을 내걸고 사업을 시작하거나, 인생의 반려자를 찾아 가정을 꾸리거나, 더 넓은 기회를 찾아 떠나는 일이 모두 다 이 시기에 일어난다.

게자리 III의 삶은 청년의 왕성한 호기심을 상징적으로 보여준다. 청년은 경력을 쌓아나가고, 상황을 적절히 이용하고, 사람들에게 자신의 가치를 설득시킨다. 또 오래 지속되는 견고한 구조를 만들기 위해 가지고 있는 재료를 적절히 활용하기도 한다. 이렇게 해서 점점 중요한 인물로 부각되는 것이다.

게자리 III 당신은 어떻게 하면 자신의 가치를 증명해 낼 수 있는지, 어떻게 하면 사람들이 자신의 명령에 따르도록 만

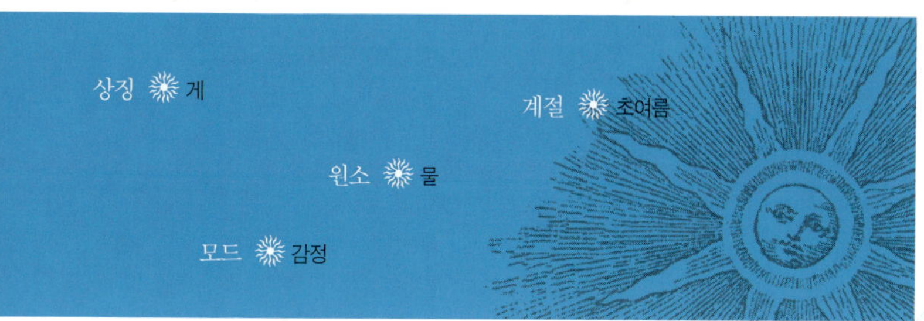

들 수 있는지를 잘 알고 있다. 주위 사람들을 마음대로 조종할 수 있다는 말이다. 당신은 대단한 추진력과 단호함의 소유자이다. 매우 수줍음 많고 은둔자 기질이 있는 게자리Ⅲ조차도 마음속으로는 은밀한 욕망을 품고 있다. 물론 좀더 공격적인 타입이라면 자신의 일에서 최고의 위치에 오르고자 하는 욕망을 조금도 숨기지 않을 것이다. 그러나 그 뒤에 버티고 있는 동력은 사실 불안감이다. 불안감이 많기에 그것의 해독제로서 성공을 추구하는 것이다. 때문에 이것을 물질만능주의나 자존심 겨루기로 생각할 필요는 없다. 물질에 탐닉하지는 않으며 그보다는 자기 자신에게 투자하는 걸 좋아하므로, 맹목적인 욕망의 제물이 되는 경우는 별로 없다.

당신은 기다리고, 지켜보고, 귀기울여 들을 줄 아는 사람이다. 주변에서 벌어지는 일에 민감한 당신은 현실의 징후를 잘 읽으며 언

제 행동해야 할지 잘 안다. 당신이 남을 설득하는 데 뛰어난 것은 당신의 견해가 정확한 근거를 갖고 있기 때문이다. 당신은 사실에 정통하며, 그 결말을 훤히 꿰뚫고 있다. 당신은 인생의 냉혹한 현실을 다루는 데 능숙하다. 사실 당신은 사람을 말로 설득하기보다는 당신이란 존재 그 자체로 설득한다. 강한 개성을 가진 당신은 조용하고 능숙하게 가해져오는 압력 따위를 별로 두려워하지 않는다.

당신은 열정적인 사람이며, 인간의 깊은 감정에 대해 잘 알고 있다. 불안정함이 당신의 욕망을 추진시키는 동력이라면, 무엇인가에 대한 당신의 열정은 그 연료라고 할 수 있다. 그리고 이때 열정의 대상은 보통 당신 자신의 신념이다. 당신은 보통 비슷한 마인드를 가진 사람과 관계를 맺음으로써 자신의 생각을 더욱 강화시킨다. 특히 당신 자신이 조직이나 공동체의 최고 행복을 위해 일한다고

과도하다
조종하려 한다
불안정하다

확신하고 있을 때에는 아무도 당신을 반대할 수 없다. 또 실제로 당신은 당신과 관계된 모든 사람들에게 이익을 가져다준다.

직장에서든 가정에서든 당신은 주로 막후에서 영향력을 행사한

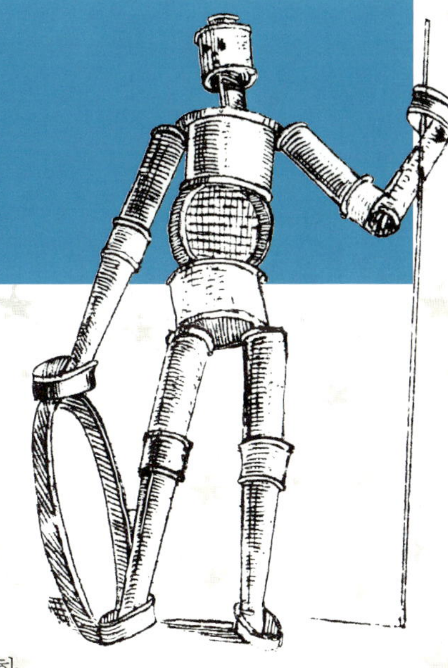

설 득

다. 당신은 훌륭한 관리자이자 비평가가 될 수 있다. 당신은 타인의 약점과 결함을 꿰뚫어보는 직관력이 뛰어나며, 어떤 극심한 어려움도 해결해 나갈 수 있도록 방향을 제시하고 안내자가 되어준다.

당신이 발휘하는 힘 중 일부는 당신 자신의 욕구를 통제할 수 있는 능력에서 나온다. 예를 들어 당신은 수상쩍거나 불안정한 협력 관계를 맺느니 차라리 혼자이기를 택한다. 자기 자신을 잘 알기에

매일의 일상적인 의무를 이행하는 데 있어서 자신이 갖고 있는 한계를 쉽게 인정한다. 누구와 사귀든 처음부터 솔직한 편이며, 절대자신을 꾸며대지 않는다. 그리고 어떤 경우든 혼자 사는 데 별다른어려움을 느끼지 않는다. 당신은 사치스러운 생활에는 전혀 관심이 없고, 누구의 방해도 받지 않고 삶을 질서정연하게 꾸려나갈 수있다. 특히 경제적인 영역에서 그렇다. 당신은 사람들과 사귀거나연애를 하고 싶은 욕구를 일로 승화시킬 줄도 알며, 자신의 경험을

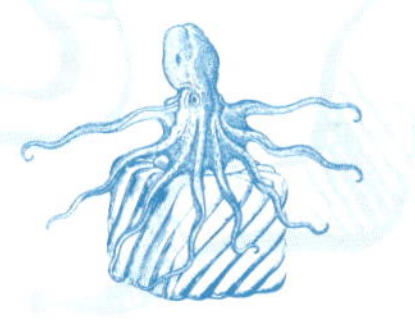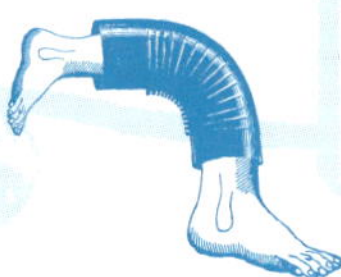

동료와 친구, 가족들과 함께 나누는 일도 아주 잘한다.

　그러나 동전의 앞뒷면처럼 종종 극단으로 치닫고자 하는 경향을보이기도 한다. 보통 때는 욕구를 잘 다스리는 편이지만, 그럼에도가끔 당신의 욕망과 소망은 통제를 벗어난다. 물론 당신이라고 해서 항상 언제 멈추고, 언제 양보하고, 언제 그냥 내버려둘지를 정확히 아는 것은 아니다. 또 의외로 강박적인 행동도 자주 보이는데, 그 행동은 기쁨을 가져다주는 자기만족적인 행동일 수도 있고

좌절만 안겨주는 신경과민증의 한 행동일 수도 있다. 그러므로 당신이 제대로 발전하기 위해서는 어떤 식으로든 정신을 단련하는 것이 필수다.

제자리Ⅲ 당신은 사적인 감정이나 애정이 얽혀 있는 관계에는 소질이 없는 편이다. 함께 일하는 동료 관계가 가장 원만하다. 사적인 관계에서는 당신의 단도직입적인 성격이 상대방에게 너

무 위협적으로 느껴지기 때문이다. 그러므로 강렬함은 일을 통해 해소하는 것이 가장 좋다. 사적인 생활에서는 에너지의 직접적 표현이 긁어 부스럼을 만들며, 그래서 많은 문제를 일으키게 된다.

친구나 가족으로서 당신은 많이 베풀고 공유하며, 다정하다. 하지만 여기에서도 지배하려는 욕구가 뚜렷하게 드러난다. 당신은 거침없이 충고히고 함부로 판단하는 경향이 있다. 그나마 다행인 것은 당신의 본능이 옳은 방향을 향하고 있다는 점이다. 하지만 그

렇다고 만사 오케이는 아니다. 뭐든 자기 손으로 해야 직성이 풀리는 성향은 결코 바람직하지 않다. 주위 사람들이 스스로 운명을 개척해 나갈 수 있는 기회 자체를 봉쇄해 버리기 때문이다. 극단적인 경우 당신은 사람을 숨막히게 만들며, 교묘한 조작을 통해 가까운 사람들을 파멸시킬 수도 있다.

배우자나 연인으로서 당신은 어쩔 수 없이 무대 중앙을 차지하게 된다. 모든 활동이 당신을 중심으로 전개될 뿐만 아니라, 무슨 일을 하든 윤곽을 잡고 구성하는 데 적극적으로 관여한다. 따라서 이렇게 지배욕이 강한 당신은 당신의 권위에 의구심을 표하는 사람을 만난다면 갈등을 빚을 수밖에 없게 된다. 그리고 이때 당신의 공격적인 본색이 드러난다. 그러나 아무런 방해 없이 일을 진행할 수는 없다고 생각하면서, 또 그 일이 이기적인 게 아니라 공동의 이익을 위한 것이라 판단될 때면 당신은 매우 만족스러워하면서 평화롭고 조용히 있게 된다.

게자리Ⅲ 당신이 오래 지속되고 생산적이며 만족스러운 사랑을 하는 것이 가능할까? 아니 그것이 바람직하기나 할까? 물론 그렇다. 하지만 방해 요소가 있다. 좋은 선택을 할 수 있고, 건전한 판단력을 지녔을 때 사랑이 이루어질 가능성도 더 높아지는 법이다. 그런데 지나치게 뜨거운 열정이 그것을 방해한다. 결혼생활의 성공 여부는 당신의 배우자에게 달려 있다. 그 배우자가 둘 관계에 틀을 만들고, 정서적인 안정을 가져다줄 만큼 굳건하고 현실적인가가 관건이다.

아무도 당신의 좋은 의도를 의심하지 않을 것이다.
일부러 정당화하려고 노력할 필요 없다.
자신의 능력에 대해 자신감을 가져도 좋다.

빌 코스비

Bill Cosby

빌 코스비는 남을 설득해 내는 재능을 타고났다. 그는 늘 자기만의 방식으로 이야기해 왔다. 노스 필라델피아에서 보낸 어린 시절이나 템플 대학에 다닐 때, 그 이후 스탠딩 개그를 할 때나 〈아이 스파이I Spy〉라는 TV시리즈에 출연한 후 〈코스비 쇼The Cosby Show〉를 맡게 되었을 때나 늘 한결같았다.

전형적인 게자리Ⅲ답게 코스비는 인생의 냉엄한 현실을 다루는 데 능숙하며, 타고난 사업가다. 코스비의 경우는 자신의 욕망을 표현하는 수단으로 웃음을 택했다. 짐짓 구제 불능인 듯 가장하고 꾀도 부리면서 팬들의 사랑을 독차지하는 그의 능력은 타의추종을 불허한다.

넬슨 만델라

Nelson Mandela

넬슨 만델라는 종신형을 선고받은 죄수였다가 후에 남아프리카 공화국의 대통령 자리에 올랐다. 그는 어떠한 고난 속에서도 조국에 대한 사랑을 포기한 적이 없었다. 좀 특이한 제휴이기는 하지만 F.W. 드 클러크와 만델라는 힘을 합쳐 인종분리정책을 폐지하고 남아공에 민주주의 바람을 불러일으켰다.

1990년 만델라를 사면하고 감옥에서 석방한 사람도 당시 대통령이던 클러크였다. 설득의 달인이었던 만델라는 절대 자신의 신념을 배반하는 말은 하지 않았다. 전향만 한다면 풀어주겠다고 회유했을 때조차 그는 신념을 지켰다.

해리슨 포드, 렘브란트, 조지오 아르마니, 우디 거스리, 스티브 워즈니악,
율 브리너, 피비 케이츠, 헨리 데이비드 소로우, 줄리어스 시저, 제임스 캐그니,
훌리오 세자르 챠베스, 도널드 서덜랜드, 진저 로저스, 레온 스핑크스

성 카브리니 수녀

Saint Mother Cabrini

교황 피우스 7세에 의해 성인으로 봉해진 성 카브리니 수녀. 이탈리아에서 태어난 그녀는 영적인 사명감으로 충만해 있었고, 교황 레오 8세에게 해외봉사에 참여하게 해달라고 청원했다. 교황청에서는 미국으로 이민 간 수많은 이탈리아인들이 영적 갈증에 목말라하고 있다며 그녀에게 미국으로 갈 것을 권했다.

그렇게 해서 미국은 카브리니 수녀의 사역지가 되었다. 그녀는 네 개의 병원을 잇달아 설립했다. 두 개는 시카고에, 하나는 시애틀에 설립했는데, 나머지 하나가 뉴욕의 콜럼비아(카브리니) 병원이다. 카브리니 수녀는 게자리Ⅲ다운 조직력과 설득력을 발휘하면서 타인을 위한 봉사에 자신의 일생을 바쳤다.

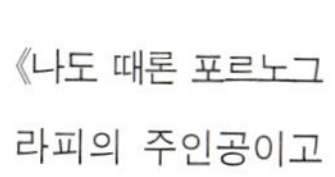

서갑숙

《나도 때론 포르노그라피의 주인공이고 싶다》란 책을 펴내 곤욕을 치루었던 탤런트 서갑숙. 책을 통해 그녀는 자신이 감정을 표현하는 데에 있어, 특히 사랑과 애정을 표현하는 데에 있어 너무나 서툰 사람이었음을 고백했다. 개인적 성체험을 솔직히 털어놓은 것은 이러한 서투름을 극복하려는, 또한 그렇게 해야만 껍질에서 벗어날 수 있다는 강박적이고도 자기만족적인 게자리Ⅲ 특유의 행동이었다. 설득의 주간에 태어난 자로서 어떤 주장을 해도 조리있고 논리적이어서 상대편이 반박하기 힘들다. 하지만 인간관계에 있어서는 한계를 쉽게 인정하며, 불안정한 관계를 유지하느니 차라리 홀로서기를 택한다. 사랑과 성은 그녀의 불안정성을 치유하는 에너지다.

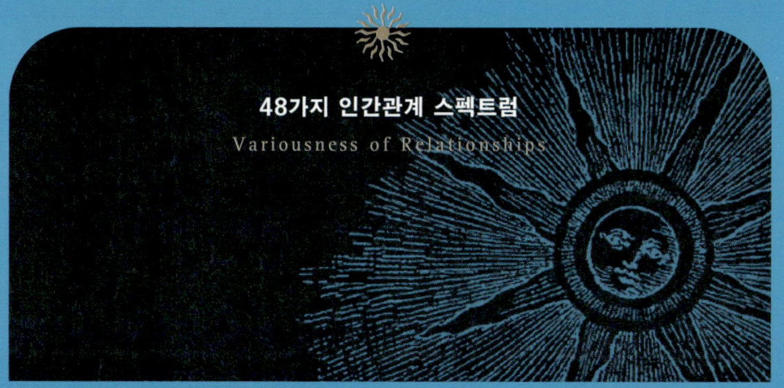

당신이 맺을 수 있는 48가지 관계 유형, 그리고 최고의 만남

여기에서는 게자리 Ⅲ 당신이 맺을 수 있는 총 48가지의 인간관계 유형이 펼쳐집니다. 그리고 당신을 위한 〈최고의 만남〉을 실었습니다. 당신과 결혼하기에 가장 좋은 별자리, 같이 일하기에 좋은 별자리…… 등이 한눈에 쏘옥 들어옵니다. 당신이 타인과 맺을 수 있는 여러 빛깔의 관계를 읽어나가다 보면, 사람들 속에서 빛나는 당신의 존재가 더욱 확실한 모습으로 다가오게 될 것입니다.

각각의 인간관계에 대한 저자의 서술은
은유적 표현이 많아 우리의 상상력을 고무시키고,
또 그 안에는 우리 인생에 대한 깊은 통찰이 있어
인간관계로 괴로워하는 우리를 더욱 지혜롭게 해줍니다.
그러나 인간관계에서 '절대적'이란 것은 없습니다. 가장 중요한 건 우리의 의지겠지요.
'힘겨운 만남' 항목이 '사랑'인 두 사람도 노력하기에 따라 서로에게 훌륭한 연인이 될 수 있습니다.
두 사람의 관계를 설명하는 내용이 때론 모순되게 보일 경우에도,
그걸 곱씹어보면 우리 인간관계의 묘한 이면이 숨겨져 있음을 알게 됩니다.

열성적 개혁

Zealous Reform

이 두 사람은 자신과 타인에게 무엇이 옳은지 잘 알고 있다. 그리고 그것을 혼자 아는 것만으로 만족하지 못하여 사람들과의 관계, 사업, 가족, 단체, 모임 등을 개혁하기 위해 혁신적인 아이디어를 내놓으며 실천하고자 애쓴다. 두 사람은 거리낌 없이 조언을 주고받으면서 사회 속에서 변화를 부르는 잠재적인 힘을 증명하고자 한다.

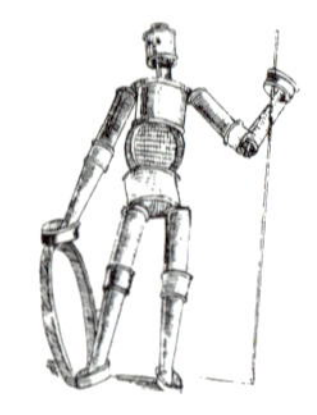

자신을 돌봐라.

다른 사람들을 내버려둬라.

그렇게 거침없이 충고를 쏟아내서는 안 된다.

물러설 줄도 알라. 그냥 내버려둬라.

물론 두 사람의 충고가 언제나 환영받는 것은 아니며, 사회가 그렇게 쉽게 변하는 것도 아니다. 따라서 이 한 쌍의 개혁가들은 자신들의 논지의 정당성을 확인시키기 위해 세상과 힘겨운 투쟁을 벌이게 된다. 두 사람은 모두 굉장한 카리스마의 소유자들이다. 그래서 논쟁을 벌일 때면 딱딱한 사실에만 매달리기보다 자신들의 매력뿐만 아니라 격한 성미까지도 유감없이 발휘하여 마침내 사람들을 설복시키고야 만다. 둘은 쉽게 단념하지 않는다. 저항에 부딪치게 되면 힘이 솟아 더 열심히 노력한다.

둘 사이를 흐르는 에너지는 흥미로운 역학관계를 형성한다. 게자리Ⅲ인 당신은 대체적으로 물고기 - 양자리보다 강하다. 현실주의

강점 · **개혁한다, 끈기 있다, 통찰력 있다**
약점 · **참견한다, 조종하려 한다, 불필요하다**
행복한 만남 · **성적 관계, 친구**
힘겨운 만남 · **결혼**

자인 당신은 물고기-양자리를 좀처럼 쉽게 내버려두지 않으며, 스스로의 결함에 맞서라고 강요한다. 이렇게 하여 두 사람 사이에 긴장감이 조성되지만, 한편으로는 바로 이런 점 때문에 당신이 그의 좋은 매니저, 혹은 좋은 배우자가 될 수 있는 것이다. 당신은 그의 훌륭한 자질들을 인식하고 실현 가능한 목표를 향해 매진하도록 인도해 준다.

중요한 문제에 대해 이야기할 때 물고기-양자리는 항상 그렇듯이 직선적으로 말한다. 이때 당신은 그의 말에 동의하는 것처럼 보인다. 그러나 이는 전적으로 논쟁을 피하기 위한 것일 뿐, 나중에는 오히려 당신이 그를 미묘한 방식으로 가르치려 들 것이다. 이를 눈치 챈 물고기-양자리는 꼭두각시처럼 조종당했다는 생각에 분개하게 된다. 그리고 이것이 결국 당신의 권위에 정면으로 도전하는 결과를 낳는다. 그러나 당신은 이때 영리하게도 그에게 주도권을 넘겨주는 척한다. 이렇게 함으로써 주도권을 놓치지 않으면서 마찰도 피하는 것이다.

두 사람 사이에는 결혼이나 오랜 사랑에 반드시 필요한 안정감과 견실함 등은 부족한 편이다. 물론 서로 매력을 느끼기는 하지만, 성적 교류에 있어서는 강렬하고 짧게 끝날 확률이 높다. 그러나 격정이 지나가면 오히려 서로를 더 깊이 이해할 수 있다. 영원한 우정이 그 뒤에 찾아온다는 말이다.

해리엇 넬슨 (1912년 7월 18일)
Harriet Nelson

오지 넬슨 (1906년 3월 20일)
Ozzie Nelson

인기 시트콤 〈오지와 해리엇Ozzie and Harriet〉(1952~66)에서 넬슨 부부는 실제 아들인 릭과 데이비드와 함께 가족으로 출연했다.

대화하기

Conversational Interchange

　독립과 경계가 두 사람 관계에 있어서 가장 중요하다. 둘은 대화
에 집중한다. 그러나 대화란 결국 말에 국한되기 때문에 종종 더 중
요한 육체의 신호를 놓쳐버리게 된다. 두 사람의 대화는 주로 전화,
팩스, 이메일 등을 통해 이루어지고 진짜로 얼굴을 마주보는 만남은
시간과 장소가 편리할 때로 제한된다. 일반적으로 두 사람의 선택은

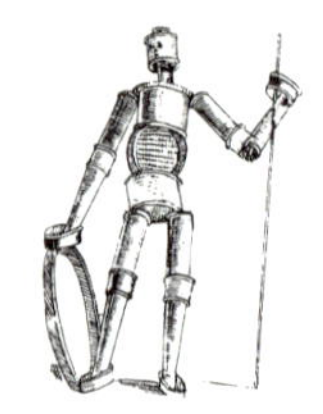

야심을 다스려라.
좌절을 피해갈 방도를 찾아라.
편안한 마음으로 받아들이는 법을 배워라.
잠재의식 차원의 욕망과 동기를 인식하라.

의식적이고 용의주도하다. 두 사람은 욕망보다는 의도와 계획으로 밀고나간다. 그러나 그럼에도 불구하고 둘의 관계에는 종종 상당한 감정적 갈등이 표출된다. 이런 갈등이 가족, 사랑, 결혼 등의 관계에서 일어나게 되면 심각한 문제로 비약될 수 있다. 그러나 갈등과 긴장이 오랜 세월에 걸쳐 계속되면서 서로를 더 잘 이해하게 되고 결국 더욱 친밀해지게 된다. 물론 이와 같은 포용력이 생기게 되기까지는 멀고 험난한 길을 걸어야 할 것이다.

두 사람 사이에는 로맨틱하거나 섹슈얼한 감정이 거의 없다. 때문에 업무 관계로 만나게 되면 아주 효율적으로 일처리를 할 수 있다. 특히 언론 분야에서라면 두 사람은 한 팀의 동료로서 환상의 콤비가

강점 ·	**대화를 지향한다, 팀 중심주의, 야심차다**
약점 ·	**좌절한다, 긴장한다, 위협적이다**
행복한 만남 ·	**일**
힘겨운 만남 ·	**가족**

된다. 양자리I과 당신은 둘 다 야심이 커서 정상에 오르기 위해 지나치게 공격적으로 행동하는 수가 있다. 두 사람의 이런 면은 질투하는 사람들이나 집단의 눈에는 위협적으로 보일 수 있다. 개인적인 욕심 때문에 공동의 목표를 훼손하지 않으려면, 두 사람 사이의 주도권 다툼을 스스로 세심하게 검열해야 할 것이다.

두 사람의 만남은 이성적인 면을 부추긴다. 때문에 실제로는 감성적인 당신과 직관적인 양자리I은 좀처럼 편안하게 행동할 수가 없다. 둘은 느낌과 충동의 중요성을 애써 무시하려고 한다. 한편 게자리Ⅲ인 당신의 현실적이고 뛰어난 금전감각이 둘의 관계를 안정적으로 만드는 힘이 될 수 있다. 그리고 이때 양자리I은 계속 목표를 제공하고 추진하는 원동력이 된다.

아마도 당신으로선 양자리I의 마음의 문을 열기가 매우 어려운 일일 것이다. 또 그는 그대로 종종 당신에게 조종당하고 있다고 느끼며 숨막혀 할 것이다. 그러나 두 사람은 결국 함께 일하는 리듬을 찾아내고야 만다. 그것이 아무리 이상하고 관습과 다르다 할지라도 말이다.

잭 존슨 (1878년 3월 31일)
Jack Johnson

루페 벨레즈 (1908년 7월 18일)
Lupe Velez

세계 타이틀을 거머쥔 최초의 흑인 복서 잭 존슨은 거침없는 말투를 가진 활발한 사람이었다. 그를 사랑한 여러 여인들 중에는 마타 하리(제1차 세계대전 중 독일 스파이로 활동한 네덜란드 여성. 타고난 미모로 프랑스 사교계에서 활약하다 1917년 프랑스 당국에 체포되어 총살되었다)가 있다. '멕시코 불똥'이라 불렸던 변덕스런 성격의 루페 벨레즈와의 사랑은 강렬했지만 잠시잠깐으로 끝났다.

온몸으로 저항하다

Chafing Against Restraint

대단히 독립적인 두 사람은 어떠한 형태의 억압도 거부한다. 또한 막무가내로 자신을 둘러싼 체제를 전복시키려 한다. 특히 양자리 II 가 기존 질서에 대한 이런 무모한 태도를 매력적이고 자유롭다고 생각한다. 하지만 사실 이런 식의 행동은 상당히 위험한 것이다. 시간 이 지나고 둘 사이가 삐걱거리기 시작하면 오히려 이런 체제전복적

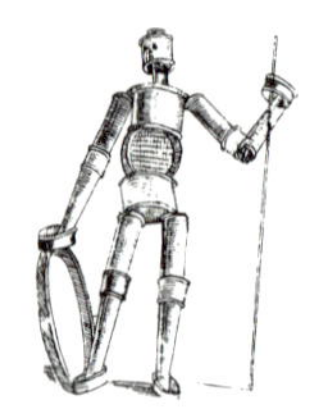

친해지고 싶다면 권력 다툼은 그만둬라.
어린시절의 갈등은 잊어버려라.
우두머리 행세를 하려는 태도는 버려라.
서로 협력하며 일하라.

인 태도는 온건해진다. 아마 사람들이 두 사람을 지도자로 받들려고 할 수도 있는데, 그럴수록 권력을 함부로 휘두르지 않도록 주의해야 할 것이다.

게자리Ⅲ인 당신은 아프리카에서 난로를 팔 수 있을 정도로 설득력이 뛰어난 사람인데, 그것이 유독 양자리Ⅱ에게는 잘 통하지 않는다. 이유는 두 가지 중 하나다. 그가 출세에 눈이 멀어 당신의 뛰어난 말솜씨를 들어줄 시간이 없거나, 아니면 '스타'로서 (그는 스타의 주간에 태어났다.) 그가 당신을 압도하는 바람에 당신이 주눅이 들어 실력 발휘를 제대로 못했거나. 어쨌든 두 사람은 성격도 비슷하지 않고 공통된 관심사도 없으며, 서로의 독립성도 보장해 주지 못한다.

강점 · **독립적이다, 자유롭다, 야망이 있다**
약점 · **호전적이다, 혁명적이다, 무자비하다**
행복한 만남 · **같은 전문 분야에서 일하는 동료**
힘겨운 만남 · **사랑**

두 사람 사이에 사랑이나 결혼이 오래 지속되는 건 거의 불가능하지만, 우정이라면 그나마 상황이 조금 낫다. 이때 두 사람은 즐겁게 지낼 수 있는데, 조심해야 할 것이 하나씩 있다. 당신은 우두머리 행세를 하려는 경향, 남을 쉽게 판단하는 버릇을 자제해야 하고, 양자리Ⅱ는 이기심이나 허영에 사로잡히지 않도록 조심해야 한다. 물론 두 가지 다 쉽지 않은 일이다.

당신과 양자리Ⅱ는 전문 분야에서 함께 일하거나 기업을 운영할 때 누구보다 많은 것을 성취할 수 있다. 개인적인 포부를 이루고 명성도 얻을 수 있다. 하지만 이것은 어디까지나 둘이 같은 편일 때의 이야기다. 만약 눌이 은밀하게 경쟁을 하고 있다면 둘 사이의 충돌은 소름끼칠 정도로 섬뜩한 것이 된다. 조직의 1인자 자리를 둘러싸고 벌이는 처절한 경쟁에서 둘은 무자비한 본성을 드러내며, 한쪽이 일방적으로 관계를 파기하는 경우까지 생기기도 한다.

형제 관계 또한 경쟁적이며 투쟁적이기까지 한데, 그 싸움은 어른이 되어서도 계속되어 부모가 죽으면 더 심해진다.

부모자식 관계에서 양자리Ⅱ 아이는 게자리Ⅲ 부모가 자신을 조종하려고 한다며 분노한다. 한편 양자리Ⅱ가 부모일 경우 그는 아이를 정서적으로 불안하게 만드는데, 거기엔 자기비하에서 비롯된 영웅숭배가 관련되어 있다.

제럴드 포드 (1913년 7월 14일)
Gerald Ford

베티 포드 (1918년 4월 8일)
Betty Ford

패션모델이자 마사 그레이엄 앙상블의 무용수였던 베티 포드는 1948년의 선거운동에서 장차 대통령이 될 남자 제럴드 포드를 만났다. 후에 베티는 솔직한 퍼스트레이디로 평가받았다. 자신의 유방절제수술에 대해 공개적으로 얘기했으며, 자서전에서는 알코올과 약물과 관련된 과거가 있었음을 털어놓았다.

자유를 위한 투쟁

Fighting for Freedom

　두 사람 관계의 주제는 '개인의 자유를 위한 투쟁'이다. 둘 사이에서는 권력 투쟁이 자주 일어나며, 두 사람 다 한 가지 일에 집중하지 못하고 좀처럼 안정을 찾지 못한다. 여기에는 인간관계가 만들어내는 모든 것으로부터 자유롭고자 하는 뿌리 깊은 욕망이 숨어 있는데, 그것은 둘 관계가 만들어낸 약속일 수도 있고 어떤 구조일 수도

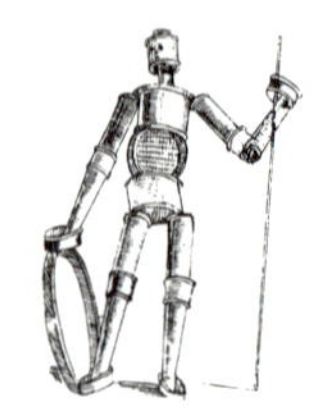

투쟁은 당신을 강하게 하지만,
안타깝게도 무디게 만들기도 한다.
불필요한 갈등은 피하라.
다른 사람들의 가치관을 존중하라. 안정을 추구하라.

있으며, 단순한 관심사의 공유일 수도 있다.

사랑에 빠진 당신과 양자리Ⅲ은 흥미롭고 다채로우며 강렬한 관계를 맺게 된다. 게자리Ⅲ 당신은 보통 자기 마음대로 해야 직성이 풀리는 사람인데다 남을 설득하고 조종하는 능력 또한 뛰어나다. 하지만 이런 당신의 능력은 양자리Ⅲ 애인이나 배우자의 저항에 부딪히면서 혹독한 시련을 겪게 된다. 두 사람은 부부일 때보다는 연인일 때 더 잘 지낸다. 갈등, 긴장, 타는 듯한 열정 등이 이 커플의 특징인데, 이런 특징들은 안정된 결혼생활보다는 정열적인 연애에 더 잘 어울리기 때문이다.

만일 당신이 세속적인 양자리Ⅲ 뒤에서 조연 역할을 하고 있는

자신의 처지를 깨닫게 된다면, 그때부터는 월권행위를 서슴지 않을 것이다. 그는 단지 성공을 원할 뿐이지만(물론 이것은 그에게 목숨과 같은 것이다) 당신의 목표는 최고의 자리에 오르는 것이다. 그러니까 당신의 야망이 한수 위라는 것이다. 그러므로 통 좁은 그의 영향을 받지 않도록 자기만의 자유를 확보하는 것이 당신에게는 지상 과제가 된다.

둘 사이에 우정이 형성되는 경우는 드물다. 두 사람 다 믿음과 나눔, 소박한 즐거움보다는 직업적·사회적·경제적 경쟁이 우선이기 때문이다. 마찬가지로 두 사람이 형제로 만났을 때 또한 비생산적인 싸움에 골두하여 가족들의 생활을 이지럽힌다. 두 사람이 부부일 경

우, 둘은 아이를 차지하기 위해 경쟁하면서 서로에게 상처를 입히는
데, 이혼을 하게 되면 이런 증세는 더욱 심각해져 상처가 깊게 된다.

독립적인 양자리Ⅲ 아이는 게자리Ⅲ 부모가 자신을 억압하고 숨
막히게 한다고 생각하는데, 게자리Ⅲ 부모 입장에서는 자신이 아이
를 통제하고 보호할 능력이 없다고 생각하여 좌절한다. 양자리Ⅲ이
부모일 때도 게자리Ⅲ 아이의 도전을 받는데, 특히 모녀간이나 부자
간일 때 더 그렇다. 이때 둘은 나머지 부모 한 명의 사랑을 독점하기
위해 일대 전쟁을 벌인다.

F.W. 울워스 (1852년 4월 13일)
F.W. Woolworth

존 워너메이커 (1838년 7월 11일)
John Wanamaker

미국의 가장 성공한 소매업자인 두 사람은 서로 강력한 경쟁자였다.
세계에서 몇 손가락 안에 드는 백화점인 '워너메이커'는 1896년 뉴
욕에서 문을 열었다. 같은 해 울워스는 첫번째 '5&10센트' 스토어
(미국의 유명한 일용잡화 연쇄점)를 뉴욕에 열었다.

현명한 충고

Sagacious Advice

둘의 관계는 특히 결혼과 일에서 독창적이고 창조적이며 효율적인 관계를 보여준다. 두 사람은 독립과 책임을 동시에 완성한다. 정신적인 강인함과 사회적 힘을 얻는 것이 둘 관계의 중요한 숙제라고 할 수 있다. 두 사람 모두 이러한 자질을 필요로 하며 지원과 지혜, 충고의 형태로 시로에게 그것을 제공해 줄 수 있다. 그리므로 둘이

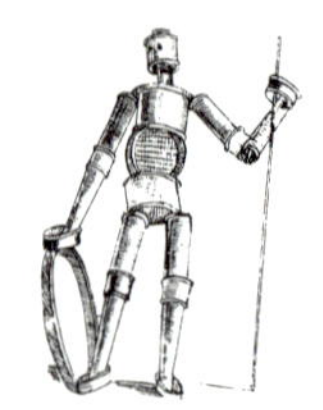

보다 개인적인 표현을 허용하라.

사람들을 있는 그대로 받아들여라.

한 발짝 물러서서 그냥 내버려둬라.

내가 아니면 안될 일도 없고, 나만 옳은 일도 없다.

함께 공동 목표를 세우고 각자의 역할을 정확히 분담하여 상상력이 풍부한 접근 방식으로 다가간다면, 두 사람은 헌신적인 팀워크를 이룰 수 있을 것이다. 하지만 자녀, 혹은 부하직원에 대한 숨막히는, 혹은 지나치게 위압적인 태도를 행사하기 쉬우므로 각별히 조심해야 한다.

사랑에는 문제의 소지가 다분하다. 게자리Ⅲ 당신은 설득력이 뛰어나고 만만치 않은 성격의 매력적인 사람이지만, 세월이 흐르면서 양-황소자리는 당신의 매력에 점점 면역을 갖게 된다. 반대로 매우 정열적인 타입인 당신이 변덕과 분노, 시기의 감정을 시시각각 쏟아내기 때문에 그는 불쾌해지기 쉽다. 그는 참을성이 많은 편이지만,

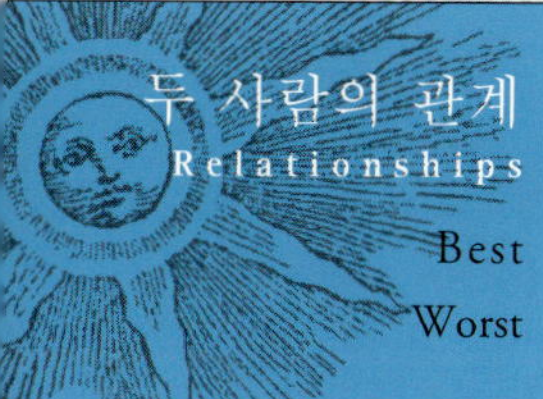

강점 · **독창적이다, 책임감 있다, 유익하다**
약점 · **숨막히게 한다, 역효과를 초래한다**
행복한 만남 · **결혼, 일**
힘겨운 만남 · **사랑**

자신의 평화와 행복이 위협받는 상황이 되면 더 이상 참지 못하고 폭발해 버린다. 반면 그의 부족한 감수성은 늘 상대방으로부터의 이해를 갈구하는 당신에게 큰 문제가 된다. 따라서 두 사람이 결혼에 골인한다면, 공동의 목표를 위해 달려나가는 동시에 이 문제를 극복하기 위해 노력해야 할 것이다.

우정과 일로 만난다면, 두 사람의 관계는 지속할 만한 가치가 있음은 물론 각자에게 큰 이익을 가져다준다. 두 사람은 개인적인 고민, 현명한 충고와 따뜻한 도움 등을 서로 나눌 수 있다. 또한 이는 두 사람뿐만 아니라 각자의 친구, 가족, 동료들에게까지 멀리 뻗어나간다. 하지만 그렇다고 해서 둘의 관계가 늘 산뜻한 날씨를 유지하는 것은 아니다. 당연히 최고의 날과 최악의 날을 모두 견뎌야 한다. 동업 관계는 특히 결과가 좋다. 두 사람처럼 사업적 통찰력이 뛰어난 사람은 매우 드물기 때문이다.

부모로서 두 사람은 교육적이고 세심하다. 아이는 부모의 노고에 감사할 것이다. 그런데 한 가지 위험이 도사리고 있다. 부모자식간이 지나치게 가까워질 경우, 양쪽 모두의 인격 성장에 방해가 될 수 있다.

요한 폴 존스 (1747년 7월 17일)
John Paul Jones

캐서린 여제 (1729년 4월 21일)
Catherine The Great

1788년 캐서린 여제는 재력가인 요한 폴 존스를 러시아 해군소장으로 임명했다. 존스가 10세 소녀와 관계를 맺고 있다는 스캔들이 터졌을 때, 캐서린은 그의 혐의를 적극적으로 막아주었다. 하지만 질투 때문인지, 그를 러시아 밖으로 멀리 쫓아버렸다.

서로 표현하기

Mutual Expression

온갖 종류의 표현을 경험하는 관계이다. 두 사람은 서로 직접적인 대화 채널을 열어두는 것이 좋다. 창조적인 것이든 아니든, 모든 표현이 두 사람에게 큰 의미가 있다. 그러므로 아이디어를 합치는 것 이상의 보다 독창적인 관계를 만들어가도록 노력해야 할 것이다. 그 독창성을 세계에 펼치고 실현시키는 것이 누 사람 관계의 과제다.

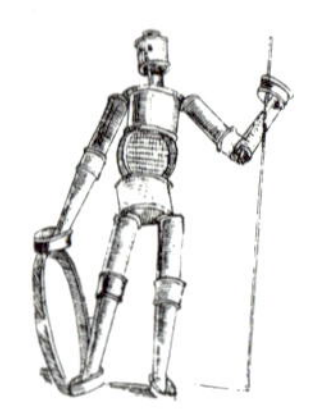

꽃이 잘 자라게 하기 위해 정원사는
가끔씩 손을 놓고 물러설 줄도 알아야 한다.
신이 되려고 하지 말라. 서로 절충하라.
대화의 창을 열어둬라.

예술이나 사업, 자녀 양육, 혹은 육체적 표현, 보디랭귀지 등으로 창조성을 일궈내야 한다.

둘의 관계에서 특히 중요한 것은 서로의 생각과 감정을 이해하기까지 오랜 시간이 걸린다는 것이다. 이해의 과정이 끝난 후에야 결혼생활이 견고하고 효율적일 수 있다. 두 사람이 부부로서 강하게 결속되기 위해서는, 게자리Ⅲ 당신이 가정에 완전히 헌신해야 하며 자신이 무대의 중심이 되겠다는 욕심을 포기해야 한다. 하지만 당신은 황소자리Ⅰ보다 훨씬 짜릿하고 불안정한 타입의 사람을 좋아하기 때문에 결혼이 이루어지기란 무척 힘들다. 사실 당신에게 필요한 것을 가장 잘해 줄 수 있는 사람은 황소자리Ⅰ이지만, 당신은 좀처럼

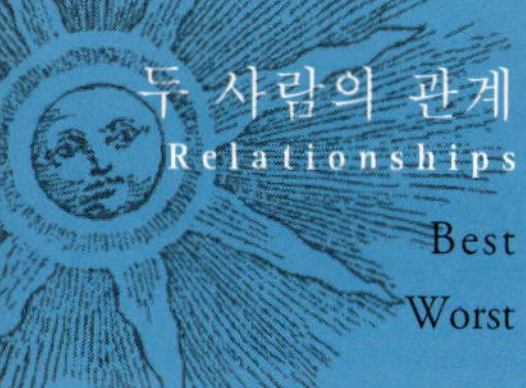

강점 · **대화한다, 이해한다, 표현한다**
약점 · **으스댄다, 지배하려 든다, 경쟁한다**
행복한 만남 · **결혼**
힘겨운 만남 · **사랑**

이를 깨닫지 못한다.

일에서는 서로를 존중한다면 훌륭한 팀워크를 발휘할 수 있는 사이다. 그러나 상호 존중하는 마음이 없다면, 경쟁과 시기심으로 관계를 망쳐버리게 될 것이다. 특히 상대방을 자신의 현재와 미래를 위협하는 존재로 받아들일 경우 문제는 더욱 심각해진다. 황소자리I이 보다 높은 직책에 있으면 당신은 위축되어 불안해 한다. 황소자리I의 우세를 극복하기 위해 당신이 잔꾀를 부릴 수도 있다. 만약 두 사람이 같은 직책을 두고 경쟁을 하고 있다면, 그의 냉혹함과 당신의 성공 욕구가 팽팽한 접전을 벌일 것이다. 게다가 조직이 불안할 대로 불안해진 후에야 두 사람의 경쟁이 드러나게 된다.

부모자식과 형제 관계에서, 두 사람은 서로 보호하고 보살피려고 노력한다. 하지만 두 사람 모두 부모나 손위 형제일 때에는 서로 두 목 행세를 하려 들고 심지어 어린 동생을 제압하려고까지 한다. 그래서 결국 관계가 깨지거나, 혹은 대화를 완전히 멈추는 결과가 벌어지고 만다.

알렉산더 브룩 (1898년 7월 14일)
Alexander Brook

페기 베이컨 (1895년 5월 2일)
Peggy Bacon

페기 베이컨은 유명 출판인이자 작가, 화가 및 일러스트레이터였다. 알렉산더 브룩은 인물 사진작가이자 화가로 로맨틱한 리얼리즘을 추구했다. 두 사람은 뉴욕의 예술인 학생연맹(Art Students League)에서 만났다. 1920~40년 동안 두 사람은 부부였다.

대범한 몸짓

Expansive Gestures

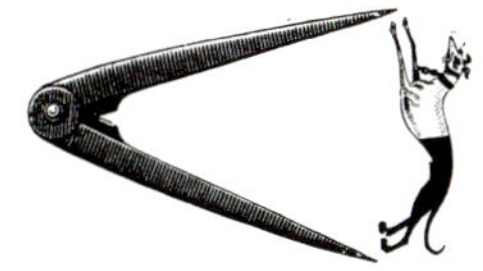

대형 프로젝트와 원대한 아이디어, 대범한 몸짓 등이 둘의 관계를 이루는 요소라고 할 수 있다. 깍쟁이 같은 행동이나 도량이 좁은 태도는 두 사람에게 있을 수 없는 일이다. 그리고 이 관계를 통해 두 사람의 도량과 아량은 더욱 확대된다.

둘은 나눠 갖기보다는 아예 주는 것을 더 좋아한다. 두 사람은 하

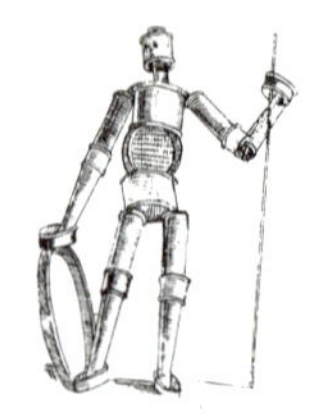

한번에 한 발짝씩 중요한 것부터 먼저 하라.
어떤 선물은 기대를 의미한다, 하지만
사랑까지 기대해서는 안 된다.
기생충들을 조심하라.

나가 되어 다른 사람들과 소통한다. 둘에겐 남에게 준 돈은 선물이고, 되돌려 받은 돈은 빚이다. 위대한 목표를 향해 돌진하는 직장에서, 사회적 양심을 위해 싸우는 조직에서 두 사람은 좋은 콤비로 활약할 수 있다.

그러나 조건 없이 베푸는 삶에는 약점이 따른다. 기생충같이 달라붙어 떨어지려 하지 않는 사람들이 있기 때문이다. 그렇다고 결혼이나 우정의 관계에서, 남에게 이용당하는 것을 피하려 한다면 세상살이에 대처하기가 극히 힘들어질 것이다. 물론 두 사람이 아무리 베푸는 일에 익숙하다 해도 머지않아 한계에 부딪치게 된다. 또한 둘의 관계에 타인의 개입을 자꾸 허용하다 보면, 두 사람의 유대 자체

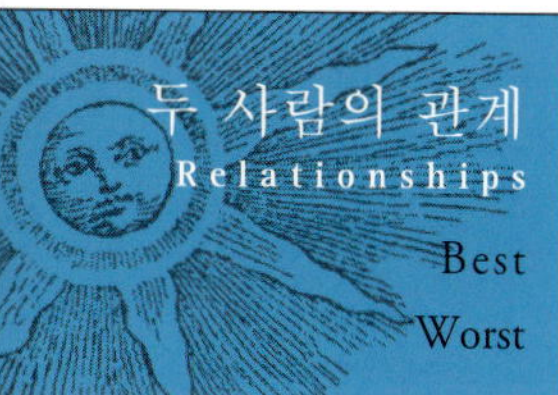

강점 · **도량이 넓다, 낙천적이다**
약점 · **어수룩하다, 강요한다, 하나밖에 모른다**
행복한 만남 · **일**
힘겨운 만남 · **사랑**

가 위협받을 수 있다는 점에도 유의해야 한다.

사랑은 처음에는 열정적이다. 그러나 당신은 이미 자신의 대의명분과 직업에 마음을 바쳤기 때문에 로맨스에서 좀처럼 마음이 이끄는 대로 따를 수가 없다. 필요와 욕구의 예리한 차이 때문에, 관계는 시간이 흐름에 따라 어려움에 부딪치게 된다. 당신은 황소자리Ⅱ의 설교하는 태도에 화를 내게 되고, 그는 당신의 야심을 비난하게 된다는 말이다.

그러나 일에서는 두 사람이 막강한 팀을 이룬다. 특히 동업이나 새로운 프로젝트를 시작하는 동료로서 훌륭한 팀을 이룬다. 상사와 지원 관계일 때도 좋긴 하지만 이보다는 딜 성공직이나. 장거리 운

송이나 대형 기계와 관련된 일, 포부가 큰 기업과 연결된 프로젝트
들에서 특히 유리하다.

　가족 관계에 놓인다면 두 사람은 서로를 너무 강하게, 너무 빠르
게 몰아붙이려고 한다. 지나치게 확장을 시도하고, 특히 경제적 상
황에 대해 욕심을 부린다. 그러나 결과는 참담하기 쉽다.

진저 로저스 (1911년 7월 16일)
Ginger Rogers

프레드 애스테어 (1899년 5월 10일)
Fred Astaire

프레드 애스테어와 진저 로저스는 할리우드를 영광스럽게 한 최고
의 댄스 팀으로 언제까지나 기억에 남을 것이다.

연료를 채우다

Fueling the Motor

두 사람은 서로의 야심을 드높이면서 모든 한계를 초월하려고 하며, 주로 직업이나 유명세를 통해 꿈을 이룬다. 둘은 또 늘 어딘가를 향해 나아가려 하고, 그런 자신들을 사람들이 보아주길 원한다.

두 사람은 자신들보다 더 큰 뭔가에 연루될 때면 불안함을 느낀다. 그리고 둘의 관계는 이런 성향을 더욱 심화시켜, 두 사람 모두

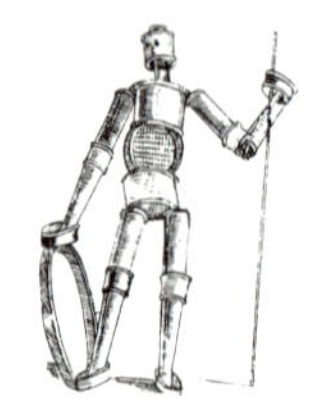

불안감을 인식하고 늘 조심하라.
상대방에게 좌지우지되지 말라.
불화를 잠재워라. 조직의 평화를 유지하라.
영성을 추구하라.

불안함에 과민하게 반응한다. 같은 목표를 겨냥하지 않는다면, 그리고 한 팀으로 힘을 합치지 않는다면 이러한 불안감은 서로를 향한 싸움이 되어버릴 것이다. 한 사람이 앞서게 되면 다른 한 사람은 질투심에 좌절하며 분노하는 식으로 말이다.

사랑과 결혼 관계로는 문제가 많다. 게자리Ⅲ 당신은 혼자 있는 것에 만족하는 사람이다. 따라서 사랑하는 사람도 착실하고 믿음직한 사람이길 원한다. 거친 성격의 황소자리Ⅲ은 그래서 당신에겐 부담스럽다. 또한 그의 경제적 무책임도 참아내기 힘들다. 따라서 더 많은 자유를 원하는 황소자리Ⅲ과 좀더 헌신하기를 요구하는 당신의 결합은 막다른 골목에 이르거나 와해되기 쉽다. 상대방의 마음을

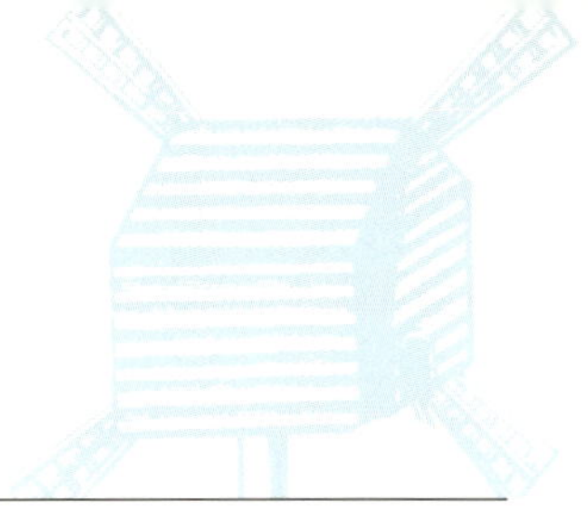

강점 · **노력한다, 영적이다, 성공적이다**
약점 · **훼손한다, 요란하다, 역효과를 낸다**
행복한 만남 · **우정**
힘겨운 만남 · **결혼**

붙잡지 못해서 늘 불안해 하는 당신은 자신의 매력을 십분 발휘하여 상대방의 마음을 조종하려 하거나, 혹은 지배하려 한다. 하지만 둘 중 어떤 태도도 둘 관계의 불안감과 거부감만 더욱 강화시킬 뿐이다.

두 사람 사이에는 조건 없는 우정이 가능하다. 영혼의 주제, 환경의 주제에 대한 생각을 공유한다. 상대방의 혹평에 대한 두려움 없이 둘은 모든 생각을 나눌 수 있다. 그는 당신의 상상력을 자극하고, 당신은 그에게 책임감을 가르친다.

같은 직종에서 일하는 동료로서는 두 사람이 초조한 경쟁 관계이기 쉽다. 덕분에 작업의 질과 양은 더욱 발전한다. 그러나 너무 비밀스럽게, 혹은 아무 성과 없이 행동하게 될 위험이 있다. 승자가 되고 싶다면, 일의 성공을 위해 잠시나마 무기를 땅에 묻어둘 줄도 알아야 할 것이다. 동업자로선 두 사람이 튼튼한 관계를 이뤄 많은 것을 얻을 수 있다.

가족 관계로는 적개심이 일어날 수 있는 사이다. 특히 이성의 형제거나 사촌간이라면 갈등이 크다. 하지만 둘 사이의 불화는 실제보다 더 요란하게 보인다. 둘의 관계는 보다 지속적이고 성숙된 관계로 얼마든지 발전할 수 있다.

링컨 엘즈워스 (1880년 5월 12일)
Lincoln Ellsworth

로얼드 아문센 (1872년 7월 16일)
Roald Amundsen

극지 탐험가이자 백만장자였던 링커 엘즈워스는 1925년 로얼드 아문센의 남극탐험 여행에 동행하면서 재정 지원도 해주었다. 1926년 두 사람은 동료 움베르토 노빌레와 함께 세계 최초로 북극 횡단 비행에 성공했다.

어떤 어려움 속에서도

Against All Odds

이 관계는 큰 규모의 프로젝트를 자주 맡는다. 임무를 떠맡거나 수행할 때, 두 사람이 발휘하는 직관력은 놀라울 정도다. 덕분에 그 어떤 어려움도 극복해 내며 성공을 거두게 된다. 사실 너무 직관력이 뛰어나다 보니, 성공여부나 성공했을 때 어떤 보상이 주어질지에 대해서까지 훤히 내다보고 밀을 하게 된다. 그러나 그런 식의 예언

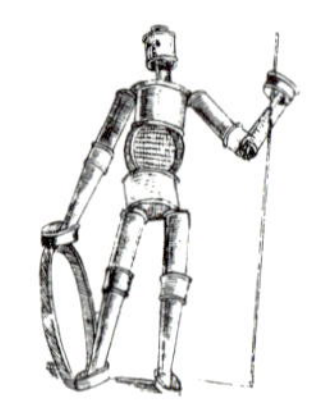

자신을 좀더 알기 위해 노력하라.
무엇이든 지나치면 화를 부른다.
억압은 좌절을 낳는다.
정신의 배출구를 찾아내라.

적 발언은 신중해야 한다. 운명이란 묘한 방식으로 그 예언을 실현시키기도 하지만, 또 반드시 예상했던 대로만 모든 일들이 되어지는 것은 아니기 때문이다. 이 관계에서 두 사람은 그동안 감춰왔던 어두운 면을 많이 드러낸다. 따라서 불법적이고 파괴적이며 지나친 행동을 하게 될 가능성이 높다.

둘의 사랑과 결혼은 소란스럽고 불안정하다. 특히 게자리Ⅲ 당신의 욕망이 걷잡을 수없이 타오를 경우, 불타는 유전을 진화하듯이 재빨리 뚜껑을 덮어줘야 한다. 그나마 당신의 지혜와 자기절제력 때문에 아주 극단적인 사태는 막을 수 있지만, 문제는 오히려 다른 곳에서 생겨난다. 황소-쌍둥이자리가 당신의 이러한 자기보호본능을

강점 · **영적이다, 생산적이다**
약점 · **과도하다, 어둡다, 입심이 지나치다**
행복한 만남 · **형제**
힘겨운 만남 · **사랑**

성적 접근의 기회로 받아들이는 것이다. 방어벽을 보면 공격하고 싶어지는 성향 때문이다. 하지만 황소-쌍둥이자리는 결국 당신에게서 두려움을 느끼며 한 걸음 뒤로 물러서게 된다. 아니 오히려 당신의 보호와 보살핌에 의지하게 된다.

깊은 우정을 나누기 위해서는 둘의 관계가 소모적이지 않고 실질적인 도움이 되도록 끌어가야 한다. 둘은 영적이고 초자연적이며 예언적인 성향을 갖고 있는데, 그 때문에 특이한 것에 관심을 갖는 경우가 많다. 예를 들면 자기실현 워크숍에 참여하거나, 혹은 정반대로 룰렛이나 카드 같은 도박에 빠지게 된다.

가족으로서 두 사람은 강하게 결속한다. 특히 형제라면 부모의 몰

인정함과 학대에 대항해 서로를 보호해 준다. 부모가 없을 경우, 둘은 다른 형제들에게 부모 역할을 해주는 것은 물론 서로에 대해서도 그렇게 대한다. 두 사람이 함께 일한다면 크게 성공할 수 있다. 특히 돈을 버는 데 관심이 많지만, 영적인 것에 대한 관심도 그 이상이다. 본디 영성이란 혼자서 성취해 나가는 것이지만, 두 사람이 힘을 합친다면 기대 이상의 성과를 거두게 될 것이다. 번지르르했던 예언과 정반대의 일이 일어났을 때 두 사람은 많이 놀라게 된다. 물론 이때의 놀라움은 불쾌한 것일 수도 있고 즐거운 것일 수도 있다.

밥 딜런 (1941년 5월 24일)
Bob Dylan

우디 거스리 (1912년 7월 14일)
Woody Guthrie

1930년대와 1940년대를 풍미했던 우디 거스리의 포크송은 밥 딜런의 음악적 뿌리가 되었다. 실제로 밥 딜런은 1961년 그의 우상 거스리가 살고 있는 뉴욕의 한 마을로 거처를 옮겼다. 당시 우디 거스리는 이미 죽어가고 있었다. 밥 딜런은 데뷔 앨범에서 〈우디에게 바치는 노래Song to Woody〉라는 곡을 만들어 헌정하기도 했다.

기분 좋은 투항

Pleasurable Capitulation

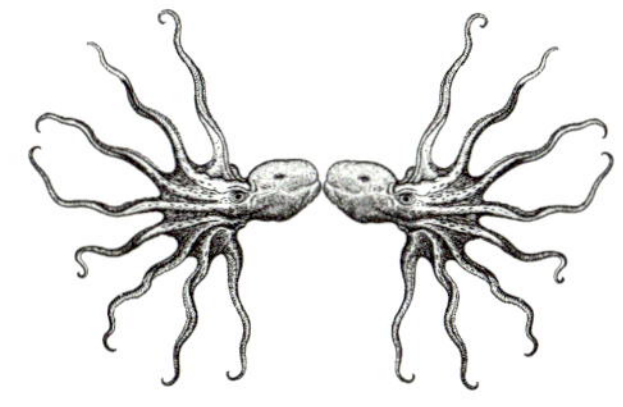

두 사람의 카리스마는 이 관계에서 더욱 돋보인다. 둘은 당연히 매력이 넘치는 사람들이고 원하는 대로 세상을 이끌어간다. 무엇보다 두 사람은 창의적이다. 두 사람이 몰두하는 예술작업이나 사회적인 노력에는 특별한 그 무엇이 있으며, 일종의 마술과도 같다. 그리고 비로 그 껌 때문에 둘은 하나로 힘을 합칠 수 있다. 두 사람 다 소

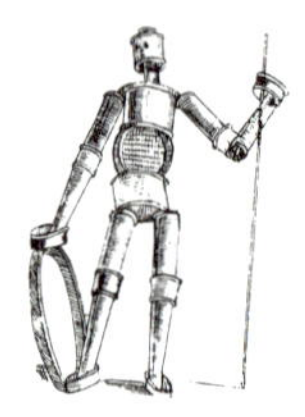

사람들 스스로 결정하게 하라.
너무 압박하지 마라.
함부로 조종하고 요구하는 태도는 역효과만 낳는다.
좀더 의미 있는 가치관을 세워라.

작과 설득에는 일가견이 있는데, 이 관계가 그 능력을 더욱 증폭시킨다.

그런데 생각해 보면 이런 능력은 외적인 목표를 추구하는 데는 도움이 될지 모르나 둘 사이의 관계에서는 역효과를 낼 수도 있다. 싸움이 일어나게 되면 능수능란한 연기자인 쌍둥이자리 I과 감정의 여우인 게자리 III 당신이 경쟁하게 된다. 결과는 물론 쌍둥이자리 I의 패배다. 그는 목적을 달성하는 능력에 있어 당신의 맞수가 되지 못한다. 때로 당신은 그의 신경질적인 수다에 짜증을 낼지도 모른다. 그러나 그는 나름대로 현실적이 되기 위해 노력하는 것이다.

이 관계를 주도해 나가는 당신의 능력은 연애를 할 때 극명하게

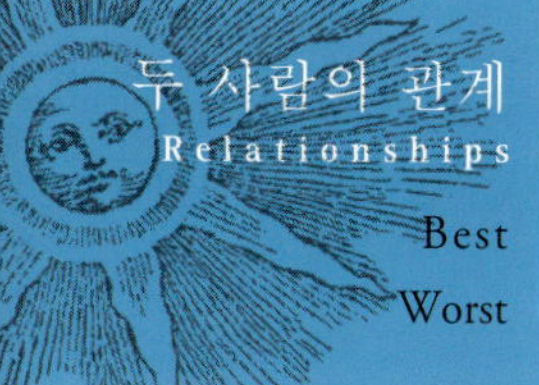

강 점 · **설득력 있다, 매력적이다, 유능하다**
약 점 · **조종하려 든다, 파괴적이다, 오도한다**
행복한 만남 · **우정, 일**
힘겨운 만남 · **부모자식**

드러난다. 일단 당신이 그에게 매력을 느끼면, 당신을 막을 자는 아무도 없다. 그는 꽤나 눈부시고 화려해 보이지만 당신은 그것을 무시한다. 대신 그의 불안함과 허약함, 예민함에 초점을 맞춰 압박해 간다. 만약 당신의 목표가 결혼이라면 그는 기꺼이 항복하게 될 것이다. 당신 같은 능력 있는 사람과 결혼을 했을 때의 좋은 점을 이미 잘 알고 있기 때문이다. 결국 둘의 관계는 한쪽으로 기울어지게 된다. 당신이 좌지우지하게 되는 셈이다.

당신이 부모라면 당신은 쌍둥이자리I 아이를 하나의 원석으로 보고 자기 뜻대로 세공하려 든다. 물론 아이는 저항할 것이다. 쌍둥이자리I 부모는 게자리III 아이가 봤을 때 신비한 존재다. 하지만 사실

아이는 쌍둥이자리I의 위장술에 넘어간 것이며, 나중에는 실망하게
된다.

두 사람은 우정과 일을 소중하게 여긴다. 둘은 사회활동이나 사업
에 자신의 재능을 쏟아부으며 대단한 정력으로 수많은 일들을 해낸
다. 두 사람 다 사람들에게 자신의 능력을 신뢰하도록 만드는 데 전
문가들이다. 따라서 동참하도록 설득하거나, 혹은 자신의 고객으로
끌어들이는 정도의 일은 누워서 떡먹기다.

랠프 왈도 에머슨 (1803년 5월 25일)
Ralph Waldo Emerson

헨리 데이비드 소로우 (1817년 7월 12일)
Henry David Thoreau

1837년 하버드 대학을 졸업한 후 헨리 데이비드 소로우는 랠프 왈도 에머슨과 친
해졌다. 에머슨은 이 젊은 작가에게 많은 영향을 주었으며, 나중에 그가 무일푼이
되었을 때 잠자리를 제공하기도 한다. 1845년 소로우는 조그만 오두막집을 손수
지었는데, 바로 그곳이 그 유명한 월든 호수가이다. 소로우가 그곳에 살며 쓴 책《월
든Walden》은 20세기 불후의 명저로 남아 있다.

인생여정

Back on Track

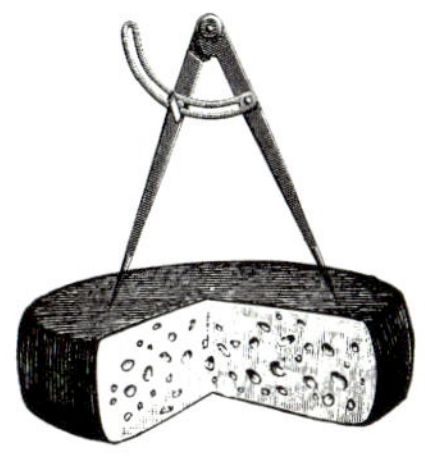

인생을 제대로 된 방향으로 이끄는 것이 이 관계의 주요 주제이
다. 두 사람은 상대방이 자신의 인생여정에서 어떤 위치를 차지하고
있는지를 알아채는 본능적인 영성을 갖고 있다. 하지만 기묘하게도
서로 거리를 유지한다. 자기만의 영역을 그어놓고 멀리서 상대방을
지켜볼 뿐이다. 물론 어느 한쪽이 기던 길에서 벗어난다면, 나머지

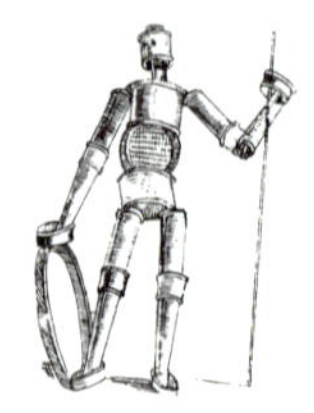

누군가의 지도와 권위는 꼭 필요하다.
지도자에게 협조하라. 히스테리는 가라앉혀라.
시간을 내어 자신을 설명하라.

한 사람이 뛰어들어 도와줄 것이다.

두 사람은 이 관계를 통해 실용적인 면에도 눈을 뜨게 된다. 그리고 미래의 계획을 위해 물론 필요할 때도 있겠지만, 기본적으로는 권위적인 태도를 경계해야 할 것이다. 둘의 관계는 다른 사람들의 눈에 고스란히 노출되어 있기 때문에, 두 사람이 방향을 제대로 잡고 함께 매진해 나간다면 착실하게 발전할 수 있다.

사랑이나 결혼생활은 게자리Ⅲ 당신이 관계를 지배하려 드는 바람에 많이 흔들린다. 그나마 쌍둥이자리Ⅱ가 관계를 안정시키는 데 도움이 될 만한 아이디어를 많이 내놓는다. 그는 이 아이디어들이 진지하게 고려되기를 원하며, 또 당신의 지배를 피하는 데도 능란함

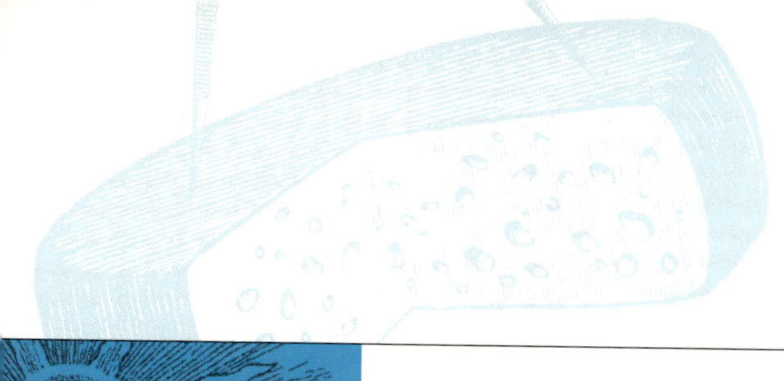

강점 · **진취적이다, 실용적이다, 생산적이다**
약점 · **권위적이다, 대화가 안 통한다**
행복한 만남 · **일**
힘겨운 만남 · **형제**

을 발휘한다.

두 사람은 커뮤니케이션에 문제가 있다. 당신으로서는 쌍둥이자리Ⅱ의 파격적인 생각들을 이해하기가 몹시 힘들다. 만약 섹스와 관련된 문제처럼 아주 내밀한 사안이 발생하면, 자리를 잡고 앉아 진지하게 대화하기가 무척 힘들 것이다. 그는 자신의 감정과 마주하는 걸 몹시 두려워하고, 당신 또한 사적인 문제에 대해 의논하기를 꺼려하는 편이기 때문이다.

함께 일하는 관계일 때는 성공적일 수 있다. 특히 당신이 상사라면, 당신은 그가 내놓는 독창적인 제안을 좋은 방향으로 이끌어주며 환상적인 궁합을 이룬다. 이때 둘은 시로를 굉장히 존경한다. 하지만 동료간이라면 좀 얘기가 다르다. 프로젝트가 까다로울수록 두 사람은 어려움을 많이 느낀다. 마감기한이 다가올수록 신경만 곤두서 우왕좌왕하게 된다.

당신은 다재다능한 쌍둥이자리Ⅱ 아이에게 따뜻한 부모가 되어준다. 아이에게 재량권을 주면서 한편으로 후원을 아끼지 않는다. 형제 관계, 특히 같은 성별일 때는 세력 다툼과 논쟁이 끊이질 않는다. 가족 모임이나 행사에서 이런 모습이 어김없이 드러나게 된다. 친구 관계에서는 상당히 진취적이다. 아마 소속된 집단 속에서 솔선하여 새로운 일들을 추진해 나갈 것이다.

휴 크로닌 (1911년 7월 18일)
Hume Cronyn

제시카 탠디 (1909년 6월 7일)
Jessica Tandy

두 사람은 미국 연예계에서 가장 다정하고 성실한 부부였다. 제시카 탠디와 휴 크로닌은 1942년에 결혼해서 1994년 탠디가 사망할 때까지 행복한 결혼생활을 영위했다. 두 사람은 함께 4편의 브로드웨이 연극에 출연했으며, 영화 〈코쿤Cocoon〉(1985)과 〈8번가의 기적Batteries Not Included〉(1987)에 함께 출연했다.

관습 무시하기

Defying Society's Edicts

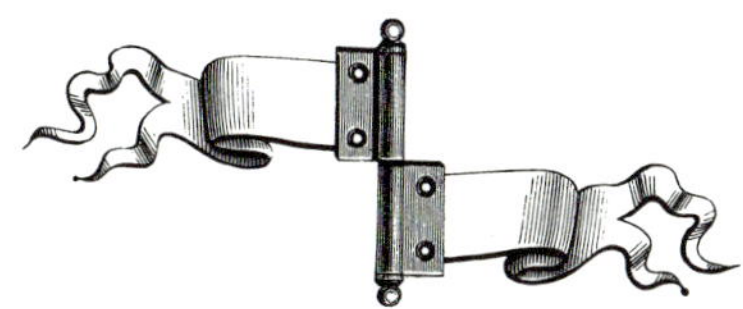

두 사람은 늘 이심전심으로 마음이 통해 영혼으로 결합되어 있다고 느낄 정도다. 따라서 둘이 만일 헤어지게 된다면 평생 동안 상실감에 시달리게 될 것이다.

그런데 주위 사람들의 생각은 좀 다르다. 그들이 보기에 두 사람은 명백한 부조화를 이루고 있는데, 막상 본인들은 잘 지내니 혼란

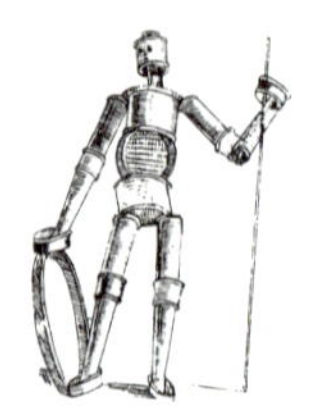

상황을 다른 사람의 입장에서
이해하기 위해 노력하라. 어차피 해야 할 일이라면
묵묵히 해라. 무슨 일이든 반항심 때문에 하지는 마라,
대신 마음이 이끄는 길을 따르라.

스러운 것이다. 실제로 둘은 많이 다르며 상대방의 생각이나 느낌을 이해하거나 공감하지도 못한다. 두 사람을 하나로 만드는 요인은 다른 데 있다. 주변 환경을 마음대로 조종하고 정복하려는 욕망 하나로 힘을 합치는 것이다. 게자리Ⅲ 당신은 이런 욕망을 일 속에서 실현하려고 하며, 쌍둥이자리Ⅲ은 어디에 가더라도 바로 자기 주변을 지배하고자 하는 사람이다. 두 사람 모두 도전을 좋아하기 때문에 그 밑에 도사리고 있는 위험을 애써 숨기고 있는 것이다.

사랑을 할 때 두 사람은 열정을 표현하기 위해서라면 사회의 관습 따위는 쉽게 무시해 버린다. 그것은 반항과는 좀 차원이 다른 문제다. 둘이 볼 때는 바보 같은 규칙이며 낡아빠진 신념일 뿐이기 때문에 손

강점 · **지배력이 있다, 공감한다, 도전한다**
약점 · **이기적이다, 기만한다, 반항한다**
행복한 만남 · **사랑**
힘겨운 만남 · **일**

톱만큼도 존중해 줄 필요가 없는 것이다. 그런데 두 사람은 둘 사이에 벌어지는 일은 남들이 상관할 바가 아니라고 생각하면서도, 한편으로는 그것을 남들에게 공개해 버리곤 한다. 이런 식의 노출증과 비보호주의는 결국 둘의 관계를 무너지게 하는 원인이 되기도 한다.

두 사람은 결혼에 그다지 관심이 없다. 그러나 사실 당신은 쌍둥이자리Ⅲ이 자신의 배우자였으면 하며, 예의 그 설득력을 발휘하기도 한다. 자유로운 영혼의 소유자인 쌍둥이자리Ⅲ은 스스로 납득이 가야만 동의하는 사람이다. 따라서 자신을 조종하거나 통제하려고 하면 할수록 더욱 멀리 도망갈 뿐이다. 좀더 치밀한 게자리Ⅲ이라면 그로 하여금 스스로 생각해서 결정했디고 여기도록 만들 수 있나.

그는 자신이 당신의 계획에 휘말린 것임을 까맣게 모르고 속아 넘어가게 되는 것이고.

둘의 우정은 쉽게 시작되는 편은 아니다. 그러나 일단 시작되면 마음이 잘 통하기 때문에 오래도록 지속된다. 두 사람은 자주 자신의 감정을 털어놓으며, 늘 함께 있는 것은 아닐지라도 필요할 때는 반드시 곁에 있어준다. 둘이 너무 친하다 보니 제3자가 끼어들 틈이 없을 정도다. 이런 상황은 두 사람이 가족이거나 직장동료일 때도 마찬가지다. 한 가지 다른 점이 있다면, 이 경우에는 자주 만나지 않는 것이 큰 문제를 초래할 수도 있다는 점이다.

다이앤 캐럴 (1935년 7월 17일)
Diahann Carroll

빅 데이먼 (1928년 6월 12일)
Vic Damone

빅 데이먼은 1950년대 콘서트와 영화 출연으로 인기를 끌었던 대중가수다. 1989년 그는 가수이자 영화배우인 다이앤 캐럴과 결혼했다. 캐럴은 TV연속극 〈줄리아Julia〉 (1968~71)에 출연함으로써 TV사상 최초의 흑인 주인공이 되었던 인물이다.

명령은 싫다!?

Crying Out for Direction

이 관계에서는 불평등한 힘의 구조를 보여준다. 리더십의 문제, 그것이 어떻게 행사되느냐의 문제가 중점이 된다. 대개 게자리Ⅲ 당신이 쌍둥이-게자리를 압도한다. 하지만 상대방의 명령을 은연중 갈망하는 사람이 바로 쌍둥이-게자리이기 때문에, 당신을 비난할 수만은 없다. 결국 동등한 힘의 구조를 만드는 것이 두 사람이 이뤄

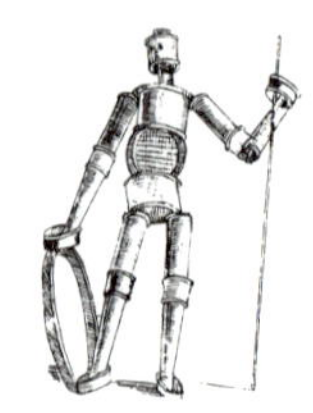

대화의 끈을 놓치지 말라.
존중을 쌓아라. 생의 모든 면에서 대등해져라.
요지부동의 권력구조를 만들지 않도록 조심하라.

야 할 숙제다. 의사결정에 있어서 명령이나 조종을 따르지 않는, 열려 있는 솔직한 의견 교환이 가능한 관계를 만들어야 한다.

이런 숙제를 성공적으로 해결할 가능성이 가장 큰 관계는 형제, 친구, 연인 관계다. 솔직한 토론과 논쟁을 통해서만이 대등한 관계가 가능해지는데, 먼저 문제를 드러내고 의견 차이를 말하는 것이 그 첫 번째 노력이다. 일단 싸움을 멈춘다면 좋은 관계가 시작될 수 있다. 서로가 서로에게 필요한 분야에서 지침을 줄 수 있기 때문이다.

사랑과 결혼 관계에서는 쌍둥이-게자리가 오래도록 자리를 비우는 일이 잦은 당신 때문에 분개하게 된다. 그는 사랑보다 일이 먼저인 당신에게 무시당하고 있다고 느낀다. 한편 당신은 작은 의사결정

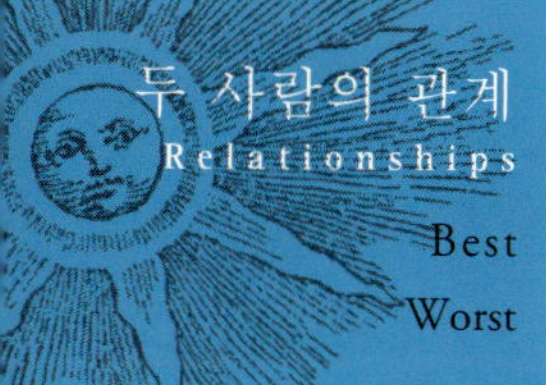

강점 · **열려 있다, 정직하다, 대화가 통한다**
약점 · **군림한다, 조종한다, 의존한다**
행복한 만남 · **형제**
힘겨운 만남 · **결혼**

이 필요할 때마다 끊임없이 불러대고 의지하려 드는 그에게 피곤함을 느낀다. 당신에게 그는 지나치게 수동적이고 둔한 사람으로 받아들여진다.

일과 가족 관계에서는 전혀 다른 권력 구조를 갖게 된다. 여기에서는 오히려 그가 설득이나 조종 면에서 당신을 능가한다. 그는 전혀 들키지 않고 아주 미묘한 방법으로 당신의 마음을 움직인다. 이때 성적이고 감각적인 말장난, 혹은 노골적인 제안 등이 효력을 발휘한다.

두 사람이 부모자식 관계나 상사와 직원 관계로 엮인다면, 권력 길등에 그대로 노출된다. 대개 당신이 두목 역할을 맡는다. 가정에서는 위압적인 게자리Ⅲ 부모가 상대적으로 유순한 쌍둥이-게자리 아이에게 지나치게 강한 영향을 끼친다. 이때 쌍둥이-게자리 아이는 반항적인 아이로 자라기보다는 오히려 더욱 의존적으로 변해간다. 또 이런 성향이 성인기로까지 계속되어 어린 시절의 엄한 부모를 대신할 사람으로서 카리스마가 강한 상사, 연인, 배우자, 친구 등을 찾아 헤매기도 한다.

필리시아 래샤드 (1948년 6월 19일)
Phylicia Rashad

빌 코스비 (1937년 7월 12일)
Bill Cosby

필리시아 래샤드와 빌 코스비는 미국의 최고 인기 시트콤 〈코스비 쇼〉(1984~92)의 두 주인공이었다. 이들이 보여준 브루클린 중산층 가정의 전문직 부모 역할은 코믹하면서도 현실적이었다.

나도 살고 남도 살고

Learning to Live and Let Live

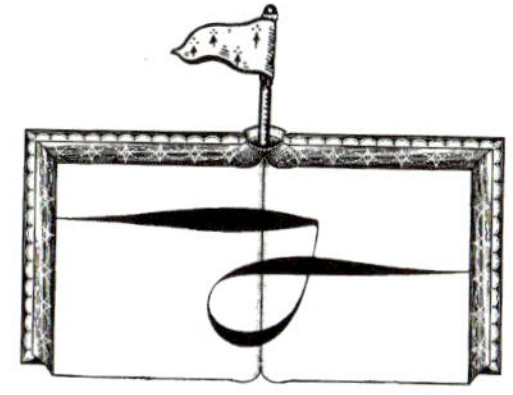

이 두 사람은 세상과 삶에 대해 기존의 것과는 완전히 동떨어진 시각에 마음을 뺏긴다. 물론 주변 사람들은 그런 별난 시선으로 자기들을 빤히 들여다보고 쑤셔대는 이 이상한 커플을 불편해 하고 배척한다. 그러나 마음만 먹으면 둘에겐 그러한 저항과 배척쯤은 능히 헤치고 나갈 능력이 있다. 반사회적인 행동은 둘의 즐거움이자 손재

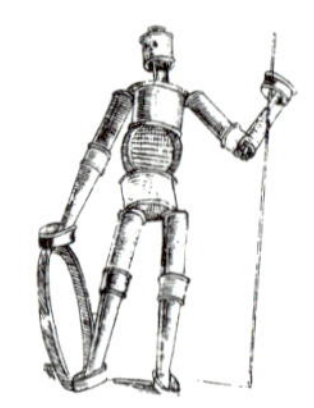

스스로를 변호하라.
그러나 방어적으로 행동하지는 말라.
조용한 자신감을 길러라.
다른 사람들의 생각에 너무 신경 쓰지 말라.

이유다. 만약 '세상과 맞선 너와 나'의 관계를 즐기기보다 진짜로 둘 관계 자체에 진지한 관심을 가진다면, 두 사람은 강한 신념으로 이 관계를 원만히 이어나갈 수 있을 것이다.

당신과 게자리I은 결단력이 확고하다. 또한 소중히 여기는 것을 반드시 보호하는 등 방어에도 강하다. 하지만 두 사람을 어려워하고 공격적이라고 느끼는 사람들에게는 둘 관계의 방식을 그대로 강요해서는 안 된다. 두 사람은 나도 살고 남도 사는 공존공생의 진리를 깨달아야 할 것이다.

로맨스 관계에서는 게자리III 당신이 남을 지배하려는 성향을 자제해야 한다. 또한 게자리I은 스스로를 변호할 수 있지만, 논쟁은

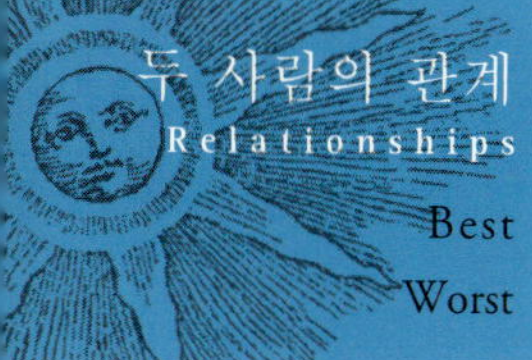

강점 · **특이하다, 자신감 있다, 의리 있다**
약점 · **위협한다, 오해한다, 충족되지 않는다**
행복한 만남 · **우정**
힘겨운 만남 · **결혼**

시간과 에너지의 낭비이므로 피하는 것이 좋다. 육체관계는 매우 특별해서 굉장히 창조적이고 배려가 넘친다. 또한 둘 중 어느 한 사람, 혹은 두 사람 모두가 발산해 내는 강렬한 환상의 기운을 통해서도 자극을 받게 된다.

이 관계는 결혼으로 발전하지 않는 것이 나은 경우가 많다. 결혼은 두 사람을 세상으로부터 소외시킬 가능성이 있기 때문이다.

우정에서는 둘 관계가 아주 편안한 편이다. 두 사람에게서는 다른 사람들이 부러워하는 조용한 자신감이 스며 나온다. 하지만 어린 나이의 친구 관계라면 둘의 부모가 먼저 위기감을 느낄 것이다. 아이들 사이의 우정에 양쪽 부모들은 우려와 두려움, 질투까지 느끼세

되기 때문이다. 사회의 편견 때문에 두 사람이 가장 크게 상처를 입는 것이 바로 이 부분이다. 그러나 확고한 신념과 의리가 결국에는 승리한다.

직업 세계에서도 두 사람은 강하게 결속된다. 단, 게자리 I이 자발적으로 적극적인 역할을 맡아주어야 한다. 그는 돈을 잘 다루기 때문에 설득력이 뛰어난 당신과 힘을 합친다면 여러 사업에서, 특히 창조력과 관련된 사업에서 큰 성공을 거둘 수 있다.

리처드 로저스 (1902년 6월 28일)
Richard Rodgers

오스카 해머스타인 2세 (1895년 7월 12일)
Oscar Hammerstein II

작곡가 리처드 로저스와 작사가 오스카 해머스타인은 1943년 함께 손을 잡은 후 브로드웨이의 가장 유명한 뮤지컬 작품들을 창조해 냈다. 〈오클라호마!Oklahoma!〉 (1953), 〈회전목마Carousel〉(1945), 〈남태평양South Pacific〉(1949) 등이 대표작이다. 두 사람은 미국의 뮤지컬 발전사에서 중심적 위치를 차지한다.

밀물과 썰물

Ebb and Flow

두 사람은 상당히 강력한 커플로, 온몸을 바쳐 세속적인 성공을
거머쥔다. 게자리는 일반적으로 사적이고 내성적인 사람이지만, 게
자리II와 게자리III이 만나게 되면 상황은 달라진다. 보다 세속적이
되고 추진력이 생기며, 야망 또한 강해진다. 혹여 자신들의 목표가
다소 유별나다 하더라도, 두 사람은 서로의 노력에 감정적으로 노의

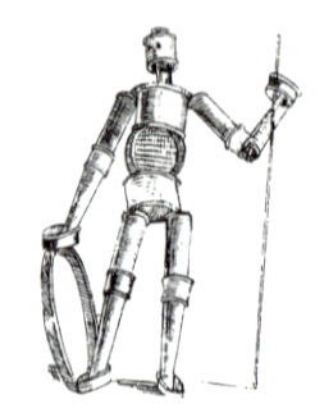

개인적인 생활을 하찮게 생각하지 마라.
직업적으로 성공하겠다는 야망을 잘 다스려라.
야망이 있다면 그만큼 자기계발을 해야 한다.
다른 사람에게 친절해라.

적으로 지지를 아끼지 않는다.

무엇보다 둘 사이에서는 경쟁심이나 질투심 같은 것을 찾아볼 수 없다. 두 사람은 또한 원하는 것을 얻기 위해 믿을 수 없을 정도로 단호해진다. 일단 서로의 차이가 극복되고 방향이 정해지면, 두 사람은 정해놓은 목표를 달성하기 위해 앞으로 돌진해 나간다. 물론 이때의 목표는 숭고한 것일 수도 있고, 아주 실용적인 것일 수도 있다.

둘의 우정과 사랑은 일과 결합되는 경우가 많다. 예를 들어, 연인이면서 직장동료일 수가 있는데, 사실 이런 상황은 곤혹스럽다. 언제나 업무가 우선이기 때문에 감정적인 문제나 인간적인 책임감은 등한시되거나 아예 무시된다. 따라서 이때 두 사람이 좋은 관계를

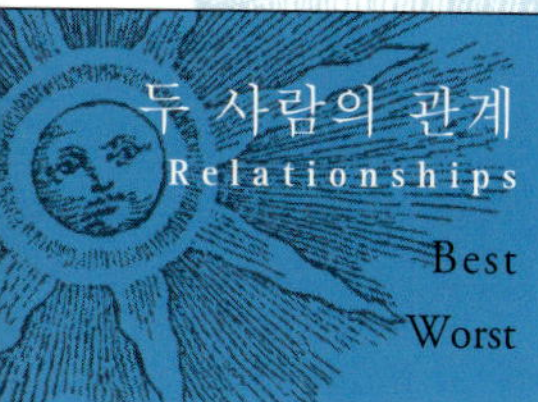

강점 · **금전감각이 뛰어나다, 믿는다, 책임감 있다**
약점 · **야망이 지나치다, 이기적이다, 물질만능주의**
행복한 만남 · **결혼**
힘겨운 만남 · **사랑**

유지하기 위해서는 무엇보다 사적인 욕구와 직업적인 욕구 사이에서 균형을 찾아야만 한다.

두 사람이 부부나 가족이라면 자신들이 속해 있는 모임을 조직화하고 체계화하는 데 관심이 많으며, 또한 그럴 만한 능력도 갖고 있다. 두 사람은 특히 특별한 이벤트가 있을 때면 서로 더욱 많이 의지하게 되는 한 쌍이다. 전략적인 계획을 세우거나 음식을 준비하는 일 등의 단순한 업무를 맡아 나름대로의 방식으로 기여를 한다. 두 사람은 또한 재정적인 문제에 잘 대처한다.

둘의 관계는 일이나 직업과 관련되어 있을 때 가장 좋아, 경제적으로 성공한 가능성도 아주 높은 편이다. 두 사람은 물실이나 논을 다루는 감각이 탁월하다. 또 주는 것과 받는 것, 판매와 구매, 밀물과 썰물의 역학을 잘 감지해 낸다. 이렇게 매일 매일의 시장 흐름을 본능적으로 안다는 것은, 한탕해 보겠다는 참을성 없는 욕망을 애써 누르면서 적당한 순간이 오기를 기다리는 방식과는 또 다른 것이다. 두 사람은 평소 동료나 동업자를 상당히 배려하는 편이지만, 사실은 무자비한 면이 있고 절대로 손해볼 일은 하지 않는다.

알로 거스리 (1947년 7월 10일)
Arlo Guthrie

우디 거스리 (1912년 7월 14일)
Woody Guthrie

사회운동가이자 정치운동가였던 포크 가수 우디 거스리. 그의 아들이 바로 알로다. 알로는 아버지의 뒤를 이어 1960년대부터 포크가수로 활동했다. 알로는 장장 18분에 달하는 포크송의 명곡 〈앨리스의 레스토랑Alice's Restaurant〉으로 잘 알려져 있다. 아버지 우디의 대표곡은 〈이곳은 당신의 땅This Land Is Your Land〉이다.

항복 선언

Calling a Truce

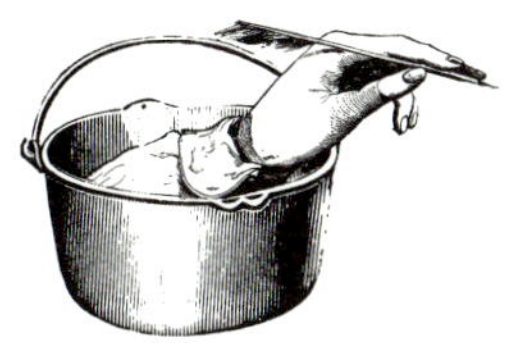

굳이 관심을 끌려고 노력하지 않아도, 세상은 이 막강한 커플을 알아본다. 그리고 사람들이 보고 있다는 걸 의식한 두 사람은 옷 입는 스타일이나 몸짓, 외모를 약간씩 바꿈으로써 자신들의 이미지를 조작하려 든다. 암묵적인 동의 아래, 두 사람은 자신들이 세상에 보이고 싶은 모습대로 보일 수 있도록 조치를 취해 놓는다.

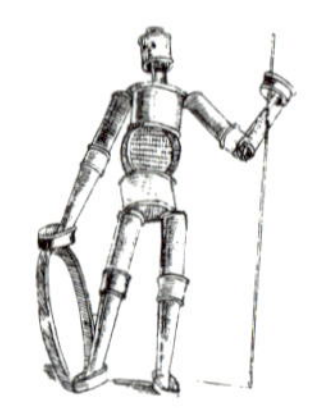

| 조언 한마디 | 가끔은 즐거운 시간을 가져라. |

상대방을 구속하려 들지 마라.

서로 마음을 여는 것은 보람 있는 일이다.

권력 다툼은 피해라.

둘 사이의 관계에 국한하자면, 둘은 서로를 신뢰하며 함께 있을 때 본연의 모습으로 돌아간다. 하지만 게자리Ⅲ 당신은 원래 혼자 있는 게 가장 편한 사람이다. 게다가 비생산적이라고 생각되는 관계는 처음부터 시작도 하지 않는다. 당신은 또 다른 게자리Ⅲ과의 관계를 바라지 않으며, 사실은 모든 제3자와의 관계를 꺼리는 편이다.

두 사람은 다른 어떤 관계일 때보다 연인 관계일 때 더욱 힘겨루기에 몰두한다. 게자리Ⅲ은 열정적인 사람들이며, 대결을 벌일 때는 백열등의 불꽃처럼 이리저리 튀어 다닌다. 하지만 감정 대결이 위험 수위에 달하면 갑자기 뒤로 물러서버려 전쟁터는 죽음처럼 고요해진다.

강점 · **불가항력적이다, 충성한다, 솔직하다**
약점 · **호전적이다, 불안정하다, 힘을 겨룬다**
행복한 만남 · **일**
힘겨운 만남 · **가족**

한편 둘의 결혼은 아주 성공적이고 생산적이다. 두 사람은 공동의 행복을 위해 많은 것을 성취한다. 두 사람 모두 상당히 유능할 뿐만 아니라 어려움이 닥쳐도 변함없이 함께하겠다는 단호함과 충실함까지 갖추고 있다. 그런데 자녀를 대하는 태도에는 문제가 좀 있다. 아이를 완전히 자신의 지배 아래 두려고 하는 것이다. 더 최악인 것은 아이가 한쪽 부모의 관점이 싫어 다른 쪽 부모에게서 이해를 구하려 할 때, 결국 두 사람의 생각이 완전히 똑같다는 걸 깨닫게 될 때이다.

친구이거나 일을 하면서 만난 동료일 때는 아주 좋다. 이럴 때는 자신의 감정을 잘 통제할 수 있다. 물론 가끔 아차 하는 순간 실수를 저지르기도 하지만 큰 문제는 안 된다. 두 사람이 자신들의 에너지를 상업적인 일에 집중한다면, 둘을 대적할 맞수는 거의 없을 것이다. 일단 움직이기 시작하면 거대한 바닷물결이나 거스를 수 없는 강물의 흐름처럼 앞으로 나아간다.

그러나 두 사람이 가족이라면 그 자체가 하나의 재앙이다. 특히 모녀지간이나 부자지간일 때 더욱 그렇다.

데이브 플라이셔 (1894년 7월 14일)
Dave Fleischer

맥스 플라이셔 (1889년 7월 17일)
Max Fleischer

데이브와 맥스 형제는 애니메이션의 선구자이다. 이들은 1917년 로토스코프라는 기법을 개발했는데, 사진이나 영화로 먼저 찍어 그것을 만화로 만드는 작법이다. 이러한 기술의 개발로 만화영화를 만드는 데 투입되는 시간과 돈이 획기적으로 줄어들게 되었다. 두 사람이 만든 만화영화 중에는 〈베티 붑Betty Boop〉(1930)과 〈뽀빠이Popeye〉(1933)가 있다.

어깨를 맞대고

Shoulder to Shoulder

두 사람은 서로의 능력을 더욱 높여주는데, 특히 일을 끝마치는 능력이 뛰어나다. 그러므로 이 관계의 특징은 어려운 임무를 함께 해결해 나가는 책임감에 있다고 할 수 있다.

사실 두 사람은 기질 면에서는 잘 맞지 않는 편이다. 그러나 이 관계에서 두 사람의 *성격적* 차이는 원만하게 수습되어 하나의 에너시

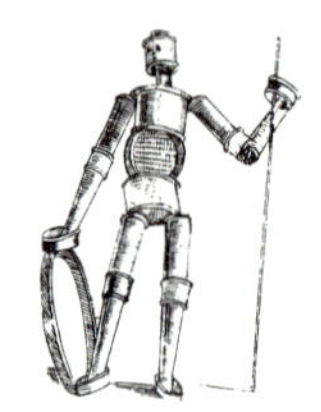

두 사람 사이에 충분한 공간을 확보하라.
권력 다툼은 최소화하라.
자신의 주된 관심사가 무엇인지 깨달아야 한다.
더 깊이 이해하라. 가끔은 마음을 툭 털어놓아라.

로 녹아든다. 세상과의 관계에서 사람들의 시선은 두 사람 개인이 아닌, 커플 자체의 목표와 성취에 집중된다. 둘 관계 초기에는 권력 다툼도 생겨날 수 있지만, 두 사람이 공동의 목표를 향해 협력함으로써 좀더 높은 수준의 성과나 전문성을 얻게 된다면 다툼도 자연히 수그러든다. 두 사람은 상당히 실제적인 사람이지만, 한편으로는 막연하고 신비스러운 것을 장난삼아 즐기기도 한다.

둘의 사랑은 잘되기가 힘들다. 게자리Ⅲ 당신과 게-사자자리는 물과 기름처럼 섞이지 못한다. 두 사람은 서로에게 약간의 위협을 느끼며 그래서 한 걸음 뒤로 물러서려 한다. 그러나 결혼을 하게 되면 어깨와 어깨를 맞대고 사이좋게 지낼 수 있다. 물론 이것은 어느

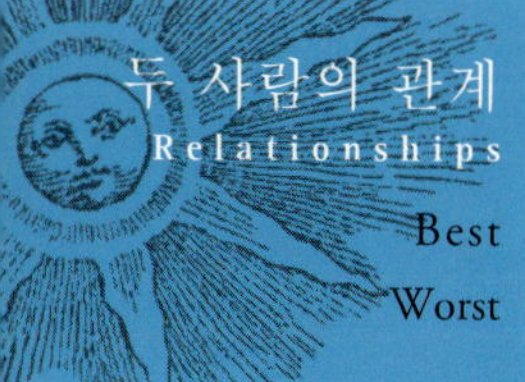

강점 · **유능하다, 프로답다, 성공한다**
약점 · **잘 맞지 않는다, 억누른다, 무뚝뚝하다**
행복한 만남 · **일**
힘겨운 만남 · **사랑**

정도의 육체적 끌림이 뒷받침된다는 전제 아래서다. 여기서 누가 지배권을 갖느냐를 두고 문제가 생겨날 수 있는데, 이 점에서는 당신이 아주 현명하다. 당신은 외교적으로 쉽게 양보를 하고 게-사자자리에게 왕관을 내준다. 그리고 그 대신 그 왕관을 뒤에서 조종한다.

둘 사이의 우정은 그리 깊지 못한 편이다. 또 만일 두 사람이 가족이라면 심각한 권력 다툼을 벌일 것이다. 그런 점에서 가장 자연스러운 관계는 역시 함께 일하는 관계라고 할 수 있다. 예전에는 경쟁자나 적수였다가도 새로운 상황에서 다시 만나 유능한 팀을 이루는 일이 둘 사이에서는 흔하게 발생한다. 이때 당신은 재정이나 경영, 또 그외 특정 분야의 전문지식으로 무장해 있다. 반면 게-사자자리는 리더십과 협동심이 뛰어나며, 특히 타인에게 권한을 위임할 줄 아는 여유를 가졌다. 이런 두 사람의 능력이 하나로 녹아들었으니 당연히 유능할 수밖에 없다.

궁극적으로 두 사람의 관계를 원활하게 해주는 것은 서로의 감정에 대한 이해심이다. 여기서 정직은 불문율이다. 솔직함은 때로 신경이 곤두서게도 만들지만, 공공연한 갈등을 초래하지는 않는다.

밥 돌 (1923년 7월 22일)
Bob Dole

제럴드 포드 (1913년 7월 14일)
Gerald Ford

제럴드 포드와 밥 돌은 1976년 대통령 선거에서 러닝메이트로 참여했다. 이들의 경쟁자는 카터와 먼데일이었다. 온건한 공화당원이었던 포드는 돌에게 전투적인 보수주의자 역할을 맡겼다. 이들은 맹렬한 선거전을 치르며 "민주당 대혼란"을 넌지시 암시했다. 그러나 선거에서는 패배했다.

서로에 대한 적응

Mutual Adjustment

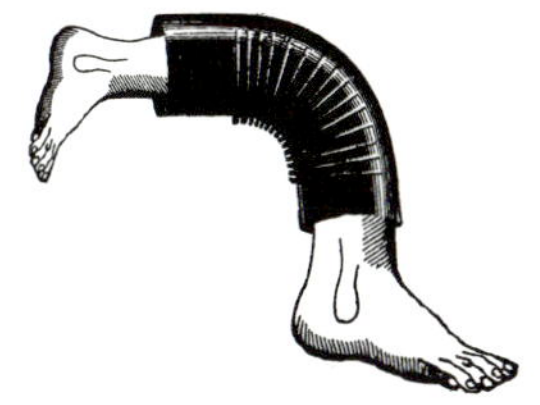

이 관계는 끊임없이 변화하므로, 그에 따라 단계적으로 적응해 나갈 필요가 있다. 서로를 편하게 생각하므로 적응이 그다지 어렵지는 않을 것이다. 또한 이 과정에서 일의 우선순위를 판단하고 조정하는 능력을 익히게 되므로 발전할 수 있는 기회도 된다.

이 적응 과정은 주로 게자리III 낭신이 수도해 나간다. 융통성 있

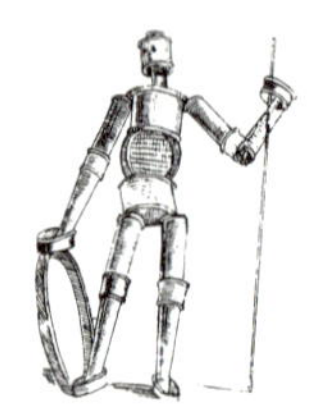

조언 한마디

충고나 설득에 대해 마음을 열어라.
융통성을 가져라. 비판을 하더라도 건설적으로 하라.
권력다툼이 심해질 수 있으니 조심하라.
지배하려는 욕망은 포기하라.

는 당신이 고지식한 사자자리I에게 맞춰나가는 방식이다. 이런 과정을 통해 당신은 사자자리I의 존경과 사랑을 얻게 되며, 그것을 바탕으로 관계의 주도권을 차지하게 된다. 별자리의 특성을 살펴보면 그 이유를 더 잘 알 수 있다. '해'의 지배를 받는 사자자리I은 '불'을 원소를 가지며 '고정적'인 데 비해, '달'의 지배를 받는 게자리III 당신은 여러 가지 얼굴을 갖고 있다. 사자자리I은 자신에게 용감히 맞서지 못하는 사람은 전혀 존중하지 않는 경향이 있다. 그러므로 당신은 언제 맞장을 뜨고, 언제 양보할지를 알아야 한다.

둘의 사랑은 주고받음과 융통성을 강조한다. 당신과의 관계에서 사자자리I은 몸을 굽히는 법을 배울 수밖에 없다. 융통성이 생길수

강점 · **융통성 있다, 나눈다, 신뢰한다**
약점 · **다루기 어렵다, 무질서하다, 힘을 겨룬다**
행복한 만남 · **우정**
힘겨운 만남 · **일**

록 점점 감정이입을 많이 하게 되는데, 그렇게 해서 당신을 점점 닮아가기 때문이다. 당신은 외교적인 편이지만 사자자리I에게 굴복할 마음은 조금도 없다. 따라서 평소 상당히 사적인 감정을 잘 절제하는 두 사람이지만 가끔씩 감정이 폭발하는 장면이 목격될 것이다. 일반적으로 두 사람 다 결혼할 필요를 별로 느끼지 못한다. 이걸 뒤집어서 생각해 보면, 만약 두 사람이 결혼하기로 결정했다면 그건 진정으로 마음에서 원하기 때문이라는 얘기가 된다.

둘의 우정은 따뜻함이나 애정을 내세우기보다는 뒤에서 도와주고 후원해 주는 관계이다. 예를 들어 사자자리I은 게자리III 친구를 자신의 동료보다 더 신뢰하기 때문에 당신에게 재정적인 조언을 구하게 된다. 그리고 당신의 조언을 날카롭고 통찰력 있다며 높이 평가할 것이다. 가족 관계에서 사자자리Ⅰ 부모는 게자리Ⅲ 아이로부터 숭배를 받지만, 아이를 버릇없게 키우는 경향이 있다.

직업적으로 두 사람이 만났을 때는 상사와 직원 관계이든 동료 관계이든 문제가 많다. 둘 사이의 권력 다툼이 직장을 혼란의 도가니로 몰아넣기 때문이다.

레온 스핑크스 (1953년 7월 11일)
Leon Spinks

마이클 스핑크스 (1956년 7월 29일)
Michael Spinks

스핑크스 형제는 두 사람 다 권투선수였다. 이들은 1976년 올림픽에서 형제가 나란히 금메달을 따내는 신기록을 세웠다. 레온은 라이트 헤비급에서였고, 마이클은 미들급에서였다. 두 사람 다 프로로 전향하여 헤비급에서 챔피언의 자리에 올랐다.

실용적인 지성

Practical Intelligence

이 관계의 강점은 활동적인 지능과 두뇌 플레이다. 두 사람은 함께 휴식을 취하고 즐길 수 있지만, 그 못지않게 맡은 일에 전념하며 사고의 명확성을 활용해 좋은 결과를 만들어낼 줄도 안다.

게자리Ⅲ 당신은 '물'이고 사자자리Ⅱ는 '불'이지만, 둘의 관계 자체는 '공기'와 '흙'의 지배를 받는데 이는 실용적인 지성을 의미

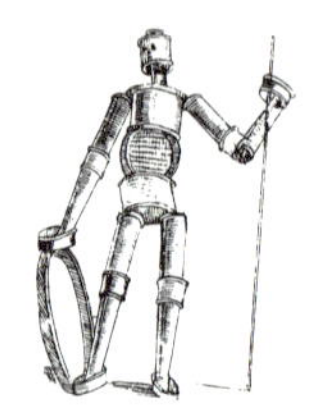

조언 한마디

경쟁본능은 자제하라.
좀더 협조적인 관계를 만들라.
세상은 당신의 노력을 높이 평가하지 않을 것이다.
머리 못지않게 마음에도 에너지를 쏟아라.

한다. 이때 비판적인 태도는 생산적인 역할을 하며, 두 사람의 활동을 가능한 한 높은 수준으로 유지시켜 주는 데 기여한다.

둘의 사랑은 감각적이지만 그렇다고 해서 자유분방하고 무질서할 정도는 아니다. 오히려 두 사람은 서로의 감정을 경계하면서 때로 그 뒤에 숨은 동기를 의심한다. 서로 완전히 신뢰하는 경우는 드물다는 말이다. 서로에게 진심을 다해 헌신하기도 힘들다 보니, 약혼기간만 오래 지속될 뿐 결혼계획은 자꾸만 늦춰지는 경우가 많다. 그러나 이런 식의 의심이 차라리 현실적인 것일 수 있다. 덕분에 나중에 올 실망이나 재난을 미리 방지할 수 있기 때문이다.

친구일 경우 두 사람은 바둑이나 장기, 비디오게임, 퍼즐처럼 해

강점 · **사려 깊다, 자극한다, 실용적이다**
약점 · **적대적이다, 참견한다, 비협조적이다**
행복한 만남 · **직장동료**
힘겨운 만남 · **형제**

결 과제가 있는 미스터리를 좋아한다. 특히 셜록 홈즈와 왓슨 박사가 나오는 탐정소설을 즐겨 읽는다. 또한 두 사람은 다른 사람들의 행동을 두고 험담하기도 즐기는데, 그 정도가 너무 심해서 친구나 가족들이 두 사람을 시끄러운 참견쟁이로 여길 지경이다. 이렇게 되면 다들 웬만하면 두 사람 눈에 띄지 않는 게 상책이라고 생각할 것이다.

두 사람이 형제라면 극단적으로 적대적이어서 서로 협력할 가능성이 거의 없다. 특히 부모의 애정을 두고 경쟁할 때 이러한 적대감은 극에 달한다. 그러나 그밖의 가족 관계는 건전하고 즐겁다.

상사와 직원 관세일 때는 별로 원활하지 않다. 대신 직장동료일 때는 서로를 자극하는 생산적인 관계를 이룬다. 어떤 경우 둘은 경쟁자가 되어 상대방을 극한으로까지 몰아붙일 수도 있다. 같은 팀에서 일할 때 사자자리Ⅱ는 당신에게 압력을 가하고 명령하게 될 가능성이 높은데, 그것은 잘하는 일이 아니다. 당신을 그냥 내버려두는 것이 더 현명한 처사다.

로버트 테일러 (1911년 8월 5일)
Robert Taylor

바바라 스탠윅 (1907년 7월 16일)
Barbara Stanwyck

핸섬한 배우 로버트 테일러는 1939년 바바라 스탠윅과 결혼했다. 그녀는 영화와 TV에서 활발히 활동하던 여배우이다. 1951년까지 지속된 이 결혼은 할리우드의 커플 치고는 꽤 오래 지속된 편에 속한다. 두 사람은 두 편의 영화에 함께 출연했다. 〈상관하지 마This is My Affair〉(1937)와 〈몽유병자The Night Walker〉(1965)이며, 후자는 그녀의 마지막 영화가 되었다.

누구 말을 따를까?

On Whose Terms?

두 사람은 의식적으로든 무의식적으로든 자기들만의 규칙을 만든다. 이때 의문이 생긴다. 규칙을 만드는 쪽은 누구이며, 그 규칙을 따르는 쪽은 누가 될 것인가.

일반적으로 두 사람은 사이좋게 지내며 서로를 존중하지만, 도대체 관계라는 것이 무엇인가에 대해서는 견해 차이가 심한 편이다.

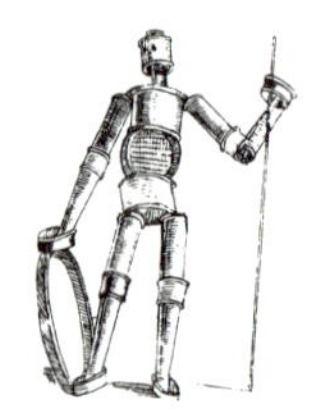

화내지 말고 조용히 타협하는 법을
배워야 한다. 때로는 자존심을 속으로 삼켜라.
공동의 목표를 위해 일하라.
좀더 신중해져라.

그러므로 여기서 초점은 어떤 이데올로기가 둘의 관계에 잘 맞을까 하는 점이다. 또 두 사람 사이에서는 여간해서 권력 다툼이 생기지 않는다. 게자리Ⅲ 당신이 뭐든 주도하고 싶어하는 사자자리Ⅲ의 욕구를 쉽게 받아들여주기 때문이다. 물론 지배하려고 든다면 당신은 그것을 완강히 거부할 것이지만 말이다. 두 사람이 같은 관점을 갖고 있는 한, 둘의 관계는 평화롭고 유쾌할 것이다.

둘 사이의 사랑은 성적으로 열정적이다. 또한 침실 안에서든 바깥에서든 호전적이며 공격적이다. 당신은 감정적으로든 심리적으로든 사자자리Ⅲ 못지않게 강한 사람이다. 사자자리Ⅲ은 자주 감정을 폭발시키는데, 당신은 눈살을 찌푸리며 그가 좀더 세련된 형태로 대화

강점 · **열정적이다, 잘 맞는다, 막강하다**
약점 · **폭발하기 쉽다, 좌절한다, 질투한다**
행복한 만남 · **우정**
힘겨운 만남 · **사랑**

하기를 원한다. 사실 그는 겉으로만 강해 보일 뿐 마음속으로는 위로받고 싶어하는 약한 사람이다. 그런데 당신은 통렬한 비판을 해대고 선뜻 찬성해 주지도 않으니 힘센 사자라도 의기소침해질 수밖에 없다. 둘의 결혼생활은 원만한 편인데, 그렇게 되기 위해 사자자리 Ⅲ은 가정 내의 규칙을 잘 지켜야 함은 물론 해야 할 일도 아주 명확하게 처리해야 할 것이다.

부모자식 관계에서는 일반적으로 당신이 부모 역할을 더 잘한다. 당신은 사자자리Ⅲ 자식을 보호하고 사랑해 주면서 한편으로 엄격하게 대할 줄도 안다. 한편 상사와 직원 관계일 때는 사자자리Ⅲ이 지시하는 쪽일 때가 더 원활하다. 어쨌든 가정에서는 직장에서든 윗 사람의 권위가 도전받는 일은 없어야 하며, 무슨 일을 해야 할지에 대해서도 합의가 이루어져야 한다.

하지만 친구 관계일 때는 권위가 쟁점이 아니다. 이때 두 사람은 서로에 대해 비교적 자유롭고 편안한 태도를 갖는다. 다만 둘이서 동시에 한 사람을 사랑해서 삼각관계에 빠질 가능성이 높으므로 조심해야 한다.

빌 코스비 (1937년 7월 12일)
Bill Cosby

로버트 컬프 (1930년 8월 16일)
Robert Culp

빌 코스비와 로버트 컬프는 유명한 TV시리즈 〈아이 스파이I Spy〉(1965~68)에서 함께 주연을 맡았다. 드라마에서 이들은 프로 테니스 선수로 가장해 활동하는 스파이였는데, 매우 흥미롭고 재치 넘치는 한 쌍이었다. 특히 코스비는 코미디 외의 드라마에서 주연을 맡은 최초의 흑인 배우였다. 두 사람은 기가 막힐 정도로 호흡이 잘 맞았다.

병마개를 뽑다

Uncorking the Bottle

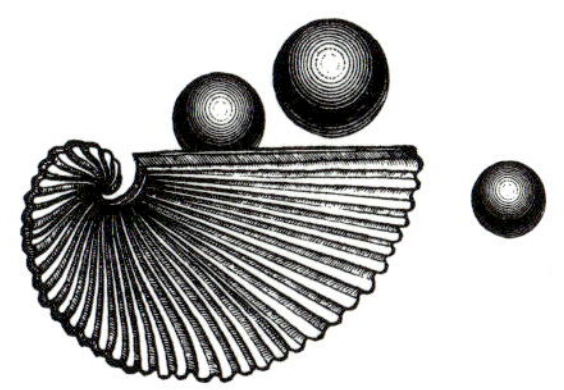

두 사람은 이 관계에서 왠지 느긋해진다. 각자 마음대로 자유롭게 이곳저곳 다니다가 함께 즐길 수 있는 순간이 오면 합류하는 식이다. 두 사람 다 인간관계를 포함하여 삶의 여러 부분에 상당히 높은 기준을 갖고 있는데, 그럼에도 전반적인 태도는 아주 느긋한 편이다. 긴장한 채 생활하는 경향이 있는 두 사람이 이렇게 관계의 질을

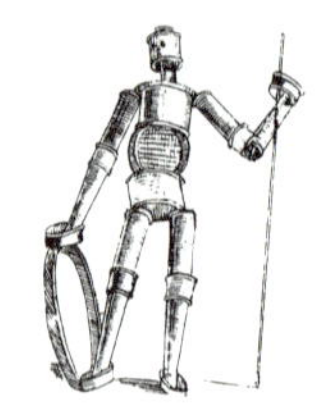

인내심을 갖고 진실이 당신 앞에
모습을 드러낼 때까지 기다려라.
가끔은 확실한 계획을 세워라.
사생활 보호에 대해서는 좀 느긋해져라.

손상시키지 않으면서 편안해질 수 있는 것은 특별한 은혜라고 할 수 있다. 또 두 사람은 내향적인 편인데, 둘의 관계는 그런 성향을 더욱 증폭시켜 누구도 침범할 수 없는 둘만의 공간을 갈구하게 만든다.

두 사람에겐 각자 아픈 과거가 있으며 그래서인지 인간관계에 대한 경계심도 많은 편이다. 그러나 둘은 이 관계를 통해 비로소 믿을 수 있는 사람을 발견하게 된다. 무엇보다 게자리Ⅲ 당신은 사자-처녀자리를 무조건적으로 받아들이며, 덕분에 사자-처녀자리는 마음을 열고 자신을 편안히 드러낼 수 있다. 한편 사자-처녀자리는 판단력이 뛰어나 당신을 누구보다 객관적으로 볼 수 있는데, 그래서 당신의 진가를 알아보게 된다. 이것은 당신이 늘 바라왔던 일이다.

강점 · **자유롭다, 편안하다, 사려 깊다**
약점 · **쌀쌀맞다, 편집증적이다, 애매하다**
행복한 만남 · **우정**
힘겨운 만남 · **사랑**

두 사람은 사랑할 때 의식적으로 정신적인 부분을 지나치게 강조하는 편이다. 그런데 이렇게 되면 본능이나 감정의 자유로운 표현을 억누르게 되어 궁극적으로 둘의 관계에 악영향을 끼친다.

반면 둘의 결혼과 일은 부드럽게 진행된다. 다만 이때 어느 한쪽이 자기 몫 이상의 책임을 부당하게 요구받는 일이 없도록 주의해야 할 것이다. 두 사람은 둘의 관계 자체를 몹시 중요하게 여김은 물론 상대방에게 자신감에서 우러나온 존경심을 갖고 있다. 따라서 굳이 서로에게 강요하거나 간섭할 필요가 없다. "잘만 굴러간다면 굳이 고칠 필요가 없다"는 것이 두 사람의 결혼생활과 연애에서의 모토이다. 물론 이건 상황이 순조로울 때의 이야기다. 스트레스나 긴급 상황이 생겨나면 비로소 이 관계의 근성이 시험대에 오르게 된다. 갑자기 불안감과 의심, 공포가 그 모습을 드러내며 관계를 무너뜨릴 정도의 위협으로 떠오를 것이다. 그러나 사려 깊음과 인내심, 그리고 서둘러 반응하지 않는 자제력이 두 사람을 곤경에서 구해줄 것이다.

두 사람이 친구이거나 형제라면 정말 재미있는 일이 많이 생긴다. 서로에 대해서라면 비난받을 염려가 없다고 생각하는 두 사람은 삶에 대한 순수하고 어린아이 같은 천진난만한 태도를 마음껏 발산하게 된다.

말콤 포브스 (1919년 8월 19일)
Malcolm Forbes

스티브 포브스 (1947년 7월 18일)
Steve Forbes

말콤은 아버지가 창간한 잡지 《포브스Forbes》를 물려받아 세계적인 유명인사가 되었다. 그는 1960년대 중반부터 80년대까지 포브스의 발행인이자 소유주로 있었고, 1990년 사망했다. 지금은 그의 아들 스티브가 발행인으로 있는데, 그는 1996년 공화당 대통령 후보 경선에 참여했다. 당시 그는 자신의 재산 중 수천만 달러를 선거운동자금으로 썼다.

모호한 위장

Nondescript Camouflage

　둘의 관계는 서로에게 후원과 균형, 조화를 가져다주는 아주 믿을
만한 관계이다. 안정을 이루기 위해 대조적인 두 세력이 힘을 합친
형상으로 명예와 존엄과 신의를 중요하게 생각한다. 두 사람 다 상
당히 직접적으로 자신을 표현하는 스타일로, 둘은 아주 쉽게 마음이
통한다. 특히 게자리Ⅲ 당신의 추진력과 처녀자리I의 조직력은 서

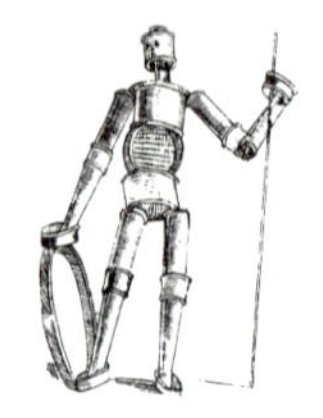

안정만이 항상 최선은 아니다.
변화와 발전을 두려워하지 마라.
가끔은 도약할 필요도 있다.
실패를 두려워하지 마라.

로를 멋지게 보완해 준다. 따라서 목표를 실현하는 데 있어서는 매우 유능한 팀을 이룰 수 있다.

두 사람의 우정과 연애는 조용하고 은밀해서 거의 남의 이목을 끌지 않는다. 때문에 은밀한 불륜의 관계가 몇 년씩 지속되는 경우도 있다. 그리고 그 사이 두 사람은 천국과 지옥을 오가는 경험을 할 것이다. 하지만 관계가 완전히 끝날 정도의 지옥은 아니며, 결혼할 정도의 천국도 아니다. 이 두 사람의 관계를 유지시켜 주는 것은 열정이나 욕망이 아니라 오히려 이런 우유부단함과 어느 정도의 무심함이다.

결혼이나 일의 경우처럼 강한 책임감을 바탕으로 한 관계에서 두 사람은 인상적일 정도로 훌륭한 팀을 이룬다. 둘은 기질상 비슷한 점이 많기 때문에 서로를 쉽게 이해하고 받아들이는 편이다. 만약 고향이나 성장환경까지 비슷하다면 둘의 관계는 성격적으로는 자신들보다 더 자신을 닮은, 가치관까지 완전히 일치하는 그런 관계가 될 것이다. 두 사람은 자신들의 관계를 세상으로부터 숨기기 위해 일종의 모호함으로 위장한다. 물론 그래도 가족이나 친구들은 그것을 금방 알아채지만, 정작 두 사람 자신은 자신들의 정체가 드러났을 때 그 상황을 어떻게 설명해야 좋을지 몰라 난처해 한다.

현실적인 의무들을 하나하나 쉽게 해결해 나가는 두 사람은 특히 동업자나 부부로서 주위 직원들이나 동료, 혹은 자식들을 안심시켜 주는 존재가 된다. 게다가 두 사람 다 금전감각 또한 뛰어난 편이다.

두 사람이 부모자식 관계라면 지나친 요구와 과보호를 극복해야 할 것이다. 둘은 확실히 가족에게 안정감을 주지만, 한편으로 더할 나위 없는 강직함으로 쉽게 접근하기 힘든 굳건한 요새를 쌓아버린다. 언제나 그렇지만, 이 경우에도 이런 구조는 강점도 되지만 동시에 약점도 된다.

핀커스 주커만 (1948년 7월 16일)
Pinchas Zukerman

튜즈데이 웰드 (1943년 8월 27일)
Tuesday Weld

핀커스 주커만은 이스라엘계 미국인이며 저명한 바이올리니스트이다. 특히 그가 베토벤의 바이올린 소나타와 피아노 삼중주를 연주한 음반은 클래식계에서도 명반으로 꼽힌다. 그는 총명한 여배우 튜즈데이 웰드와 결혼했다. 그녀는 영화에서 보여준 연기와 실제 살아가는 모습으로 인해 컬트적인 숭배를 받는 인물이다.

필요라기보다는 선택

Choice Rather Than Need

이 관계는 비범한 경지의 이해심을 보여준다. 두 사람은 서로를 무척 편안하게 느낀다. 처녀자리II는 다른 사람과의 관계와는 비교도 안될 정도로 솔직하게 자신을 열어 보이고, 당신은 이러한 편안한 태도에 매혹된다. 그런데 이렇게 서로를 인정하는 것은 과연 진심에서 우러나오는 것일까, 아니면 다른 어떤 조건이 있어서일까.

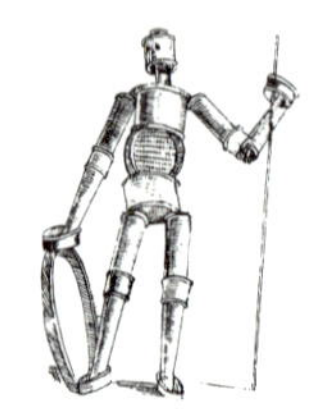

조언 한마디

두려움을 극복하기 위해 노력하라.
마음을 열고 좀더 관대해져라.
깊이 있는 수준에서 마음을 나눠라.
과시적으로 지배하려는 태도를 버려라.

처녀자리Ⅱ는 당신이 보이는 관심에 꽤 우쭐해 하며 당신의 공격적인 접근을 거부하지 않을 것이다. 왜냐하면 그는 여차할 경우 언제라도 당신의 접근을 물리칠 수 있다는 자신감이 있기 때문이다. 그러나 이러한 우쭐함에도 불구하고 그는 타인의 이해를 요구하는 법이 별로 없는 지극히 개인적인 사람이다. 때로는 혼자 있는 것을 더 원하는 사람인 것이다.

둘의 사랑은 강렬하긴 하지만 특별한 교감이나 표현은 부족한 편이다. 처녀자리Ⅱ에게는 연인과 섹스를 한다는 것이 특별히 마음을 열었다는 걸 의미하지 않는데, 게자리Ⅲ 당신으로서는 그의 그런 태도가 몹시 당황스럽다. 당신은 그에게 감정을 솔직하게 표현하고 타

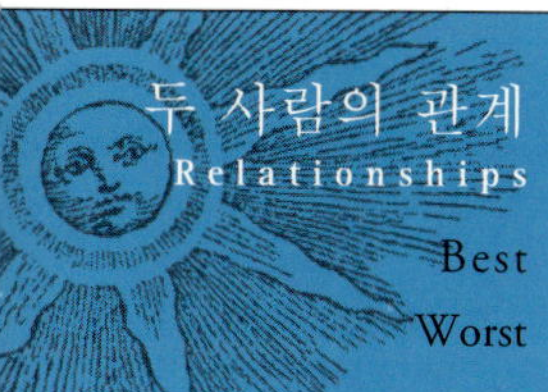

강점 · **유능하다, 공유한다, 강렬하다**
약점 · **비밀이 많다, 화를 잘 낸다, 좌절한다**
행복한 만남 · **우정**
힘겨운 만남 · **사랑**

인과 공감하는 능력 등에 대해 가르쳐줄 것이 많다. 그러나 분석의 대상이 되기 싫어하는 처녀자리Ⅱ를 존중해야 할 것이다.

둘의 결혼을 성공적으로 이끄는 데 기여하는 사람은 가정적이고 책임감 강한 당신 쪽이다. 그런데 잘못하면 처녀자리Ⅱ가 자신의 영역을 침범당했다고 느낄 수도 있으므로 주의해야 한다. 그도 나름대로의 일처리 방식이 있는 것이다. 그래서 당신과 공공연하게 갈등을 빚는 일도 생긴다. 두 사람 다 혼자서도 잘살 수 있는 사람들인데, 그런 점은 오히려 부부 관계를 굳건하게 만들어준다. 왜냐하면 그만큼 이 결혼이 감정적인 필요보다는 선택에 기반을 두고 있다는 얘기가 되기 때문이다.

　처녀자리Ⅱ는 보통 연인보다는 친구와 더 각별한 관계를 유지하며 마음을 터놓는 편이다. 따라서 당신과의 관계에서도 연인일 때보다 친구일 때 감정적으로 더 만족한다. 또한 그는 당신의 수수께끼 같은 면을 밝혀내는 데서도 주도권을 잡을 수 있다. 두 사람이 서로를 받아들인다면 둘만의 시간을 보내며 지금까지 누구에게도 보여주지 않았던 깊숙한 비밀들을 나누면서 신뢰를 구축할 것이다.

존 디 (1527년 7월 13일)
John Dee

엘리자베스 1세 (1533년 9월 7일)
Elizabeth I

존 디는 세계적으로 널리 알려진 16세기의 수학자이자 마법사였으며, 또한 엘리자베스 여왕의 공식 점성술사였다. 그는 엘리자베스 여왕의 총애를 듬뿍 받아 여왕의 즉위식을 위한 길일을 정하기도 했고, 자신이 쓴 책의 비의적인 의미를 여왕에게 가르쳐주기도 했다.

자아 형성

Ego Formation

　이 관계에서 두 사람은 자존심 문제에 매달린다. 이것은 두 사람에게 좋은 영향을 끼칠 수도 있고 나쁜 영향을 끼칠 수도 있다. 두 사람이 맞닥뜨리는 질문은 "나는 누구이며, 내 위치는 어느 정도인가?"이다. 두 사람이 힘을 합쳐 나란히 노력할 때조차 둘은 상대방이 인생에서 어떤 것을 얼마 만큼 이루어내는지에 아주 민감한 반응

123

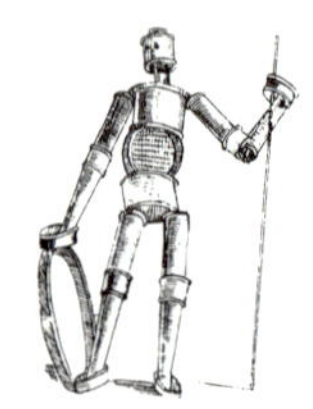

> 항상 설득이 필요한 것은 아니다.
> 강력한 리더십을 갖춰라. 자신의 욕망을 파악하라.
> 협력을 강조하고, 에고는 잠시 제쳐두어라.
> 공동의 행복을 위해 노력하라.

을 보인다. 그러니까 누가 더 흥미롭고 성공적인 경력을 쌓고 더 높은 연봉과 더 좋은 파트너, 더 큰 집, 더 위대한 마음의 평화를 얻는가에 촉각을 곤두세운다는 말이다.

게자리Ⅲ 당신은 당신이 보이는 관심에 비해 처녀자리Ⅲ의 반응이 신통치 않을 경우, 유혹하고 조종하는 능력을 최대한으로 발휘한다. 혹 처음부터 두 사람이 서로에게 흥미를 느꼈다고 하더라도 설득하고 이끌어가는 부담은 늘 당신 쪽에 떠맡겨진다. 처녀자리Ⅲ은 당신이나 당신과의 관계 자체가 무언가를 요구할 때 화를 내거나 완강하게 저항하는 일이 잦을 것이다. 따라서 요구를 할 때는 합리적인 수준에서 하는 것이 중요하다. 처녀자리Ⅲ은 관계를 주도하려 하

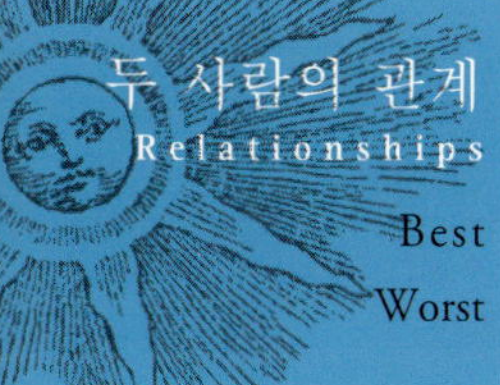

강점 · **야심 있다, 방향을 잘 잡는다, 성공한다**
약점 · **화를 잘 낸다, 스트레스 받는다, 감정적이다**
행복한 만남 · **일**
힘겨운 만남 · **사랑**

기보다는 주로 조용히 있고 싶어하는데, 그러면서 한편으로 뒤에서 중요한 결정들을 많이 내리게 된다. 자존심을 강조하는 둘의 관계는 막상 두 사람이 사랑하거나 결혼을 했을 때 불화의 원인이 된다.

친척이나 친구였던 두 사람이 함께 일을 하게 된다면 둘의 리더십은 가족, 전통, 경험이라는 든든한 백을 얻게 된다. 사실 이 관계의 가장 이상적인 시나리오는 두 사람이 함께 일하면서 일 중심으로 관계를 다져나가는 것이다. 특히 레스토랑이나 호텔, 작은 가게, 서비스업, 교육 등의 사업을 함께 시작한다면 아주 생산적일 수 있다.

그런데 두 사람 다 빈틈이 많으므로 조심해야 한다. 조금 의문스럽기나 너무 쉬워 보이는 거래에서는 함정에 빠질 위험이 낳기 때문이다. 또 권력 다툼과 사리사욕을 채우려는 욕구도 극복해야 한다. 두 사람이 동업자나 직장동료이면서 동시에 친구, 배우자, 가족이기 때문에 적당히 일하고 함께 편히 쉬고 즐기자는 안일함이 둘을 유혹할 가능성도 간과해서는 안 된다. 항상 일과 가정, 일과 사생활 사이에 엄격하게 선을 그을 필요가 있다.

그레타 가르보 (1905년 9월 18일)
Greta Garbo

모리츠 스틸레르 (1883년 7월 17일)
Mauritz Stiller

스웨덴의 영화감독 모리츠 스틸레르는 1920년대 초 스톡홀름 액팅 스쿨에서 가르보를 발견했다. 그후 그는 가르보의 정신적 스승이자 친한 친구가 되었다. 1924년 스틸레르 감독은 루이스 B. 메이어로부터 할리우드 진출을 제안받는다. 그리고 제안을 받아들이는 조건으로 가르보도 함께 받아들여줄 것을 요구했다. 1925년에 미국에 도착한 후 스틸레르의 매니지먼트를 받으면서 가르보는 곧바로 유명 배우가 되었다.

짜증 받아주기

Accepting Irritation

불행하게도 둘의 관계는 지나치게 예민하다. 의도적인 것이 아니라 하더라도, 아니 의식하지도 못한 사이에 두 사람은 서로 약점을 콕콕 찌르는 재주가 기가 막히다. 게자리Ⅲ 당신은 처녀-천칭자리의 미적 감각을 높이 평가하지만, 처녀-천칭자리는 당신이 창의적으로 일하는 분야에서 둘이 함께 일할 때 예술적으로도 상업적으로

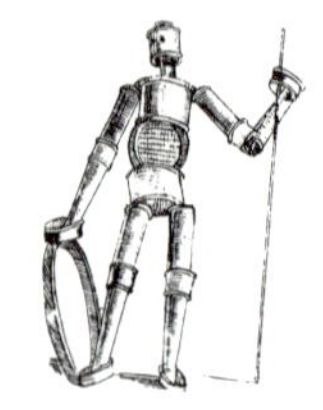

타인을 좀더 도와줘라.
너무 망설이지 마라. 좀 무뎌져라.
상대방이 예민한 부분에 대해서는 조금 더 배려해라.

도 성공을 거둘 가능성이 높다고 생각한다.

그런데 만약 두 사람의 예술성이 비슷하고, 또 그 분야가 같다면 (예를 들어 문학, 그림, 음악 등) 얘기는 달라진다. 서로를 잘 이해하고 공감하는데도 불구하고 경쟁심과 질투심이 협력 관계를 완전히 깨뜨려버린다. 그러므로 가장 좋은 경우는 예술 활동을 함께하되 취미 차원으로만 한정하는 것이다. 또 그것이 각자의 일상과 완전히 분리된다면 더 좋을 것이다.

둘 사이의 사랑에서는 공감하는 능력이 뛰어나게 발휘되지만 욕망은 거기에 미치지 못한다. 즉 친절과 애정으로 가득 차 있지만 성적인 욕망이나 로맨틱한 감정은 부족하다는 말이다. 결국 이런 상황

강점 · **공감한다, 관대하다, 감사한다**
약점 · **지나치게 예민하다, 냉정하다, 화를 잘 낸다**
행복한 만남 · **결혼**
힘겨운 만남 · **우정**

에 대해 당신이 먼저 싫증을 느끼게 되고 심지어 분노하게까지 된다. 당신은 열정이 없는 사랑은 지속할 가치도 없다고 생각하며, 처녀-천칭자리를 피상적인 사람이라고 생각한다.

결혼을 했을 때 두 사람은 둘 관계의 분위기에 대체로 만족하는 편이고, 그 만족감을 집을 아름답게 꾸미는 것으로 표현한다. 그러나 시간이 지나면서 뚜렷한 이유도 없이 불안감이 고개를 쳐들어 가뜩이나 예민해진 두 사람을 긴장 상태로 몰아가기도 할 것이다.

직장동료나 친구일 때도 두 사람은 서로에게 예민하게 반응하는 경우가 많으며 짜증과 불화의 시기를 겪게 된다. 그럴수록 서로에 대해 눈감해져야 하며, 부정적인 감정이 고개를 쳐들 때는 그냥 무시하거나 억눌러버리려는 노력이 필요하다.

가족 관계, 특히 부모자식 관계에서는 서로의 진가를 인정해 주고 공감하지만 따뜻함이 결여되어 있다. 이때 두 사람이 잊지 말아야 할 것은 매일의 일상에서 애정을 표현하며 끊임없이 관심을 표시해 주는 일의 소중함이다.

줄리어스 시저 (BC. 100년 7월 12일)
Julius Caesar

아우구스투스 [옥타비안] (BC. 63년 9월 23일)
Augustus [Octavian]

옥타비안은 그의 종조부 줄리어스 시저가 BC. 44년에 암살되었을 때 18세였다. 당시 옥타비안은 이미 시저의 양자였고, 나중에 원로원에 의해 아우구스투스라는 칭호를 부여받게 된다. 시저 덕분에 옥타비안은 BC. 27년 로마의 황제로 등극하게 된다.

숨겨진 열정 표현

Revealing Hidden Passions

타인의 눈에 어떻게 보이는가에 신경을 많이 쓰는 두 사람의 관계는 겉보기에 아주 평온하고 공동의 목표 아래 단합된 모습을 하고 있다. 그러나 관계 안에서는 뭔가 다른 일이 벌어지고 있다. 두 사람은 기질상 잘 맞지 않는다. 그나마 공통점이라고는 비판적이고 요구가 많은 태도 정도다. 물론 이것은 평화와 조화에는 도움이 안 되는

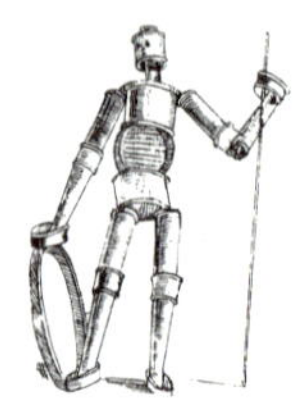

사이좋게 지내기 위해 좀더 노력하라.
갈등을 일으킬게 뻔한 문제라면 못본 척해라.
비판적인 태도는 삼가해라.
감정의 기복을 없애라. 객관성을 유지하라.

자질이다.

게자리Ⅲ은 '물'이고 천칭자리I은 '공기'이지만 이 관계 자체는 '불'과 '흙'의 지배를 받는데, 이 경우 화산처럼 폭발적인 에너지를 갖는다. 그러므로 이 관계의 중요 테마가 숨겨진 열정을 폭발시키는 것이라는 건 그리 놀랄 일이 아니다. 그리고 그것은 때로 세상의 이목을 집중시킬 정도로 폭발의 강도가 세다.

두 사람의 사랑은 황홀한 것일 수도 큰 재앙일 수도 있으며, 혹은 둘 다일 수도 있다. 두 사람은 마음속에 있는 것을 밖으로 표현할 필요가 있다. 심한 말다툼 후에 잠자리에서 화해한다는 것이 둘에게는 쉽지 않다는 데서 알 수 있듯이, 두 사람의 정신과 육체는 쉽게 결합

하지 못한다. 따라서 섹스를 둘러싼 갈등도 심심치 않게 터져나온다. 연애와 결혼 관계에서 두 사람은 자신의 최고와 최악을 다 드러내 보여준다. 이 결합은 본질적으로 극단적이다.

두 사람은 서로를 그다지 필요로 하지 않으며, 따라서 둘의 우정 또한 깊은 감정적 결속은 없다고 보는 편이 옳다. 대신 돈이나 정치, 사상 같은 공통된 관심사에 기반을 둔 동료 관계라면 서로에게 열중하며 관심을 갖게 된다. 함께 일을 할 때는 너무 사적으로 흐르지 않도록만 주의한다면 뛰어난 한 팀이 될 수 있다. 당신의 관리 능력과 금전감각은 천칭자리I의 꼼꼼함이나 전문기술과 잘 융화된다.

부모자식 관계일 때는 어느 쪽이 부모가 되든 아이가 하는 일에 사사건건 반대하며 비판한다. 이때 아이는 오해를 받고 있다고 느끼거나 심지어 부모에게 거절당했다고 느낄 것이다. 이렇게 자란 아이는 어른이 되어서도 일생 동안 이런 식으로 자신을 거절하는 사람들과 관계를 맺게 된다.

넬슨 만델라 (1918년 7월 18일)
Nelson Mandela

위니 만델라 (1936년 9월 26일)
Winnie Mandela

남아공의 인종분리정책에 저항해 온 두 사람은 후에 정치에 입문하게 된다. 1958년 결혼한 이들은 1962년 넬슨이 감옥에 갇힐 때까지 함께 저항운동을 폈다. 남편이 감옥에 갇히자 위니는 정치적 영웅이 되었다. 1990년 넬슨이 풀려나면서 두 사람은 사상적으로 다른 길을 걷게 되었고, 1996년 이혼했다.

영혼의 결합

A Bond of the Spirit

이 관계는 아주 친밀하며 이해심도 깊다. 충실하고 진실하다는 점에서 영혼의 결합이라고 할 수 있을 정도다. 특히 종교성과 영성이 두드러지며, 비록 지향하는 바가 다르기는 하지만 두 사람은 같은 종류의 영혼을 지니고 있다고 할 수 있다.

그러나 게자리III 당신의 상냥함은 천칭자리II에게 압박으로 다가

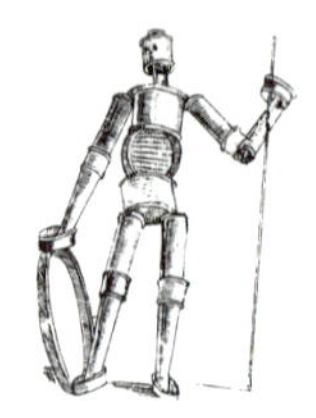

좀더 현실적이 되기 위해 노력하라.
과도한 집착은 삼가라. 어려운 때를 대비하라.
너무 심각해지지 않도록 노력하라.

갈 수 있다. 그에겐 마음대로 날아다닐 자유가 필요한 것이다. 그러나 구속받는다는 느낌만 없다면 이 관계에 만족하는 사람은 바로 천칭자리Ⅱ이다. 둘 사이의 유대는 좀처럼 깨지지 않는다. 많은 것을 함께 공유한데다 서로에게 투자한 것도 많아 그냥 놓아줄 수가 없는 것이다. 이 관계의 시작은 아주 매혹적이며 그 중간 과정은 생산적이고 신뢰할 만하지만, 혹시라도 관계가 깨어진다면 그 헤어짐은 지독히 고통스러울 것이다.

둘 사이에서는 사랑과 우정의 구분이 애매모호하다. 서로를 너무나 자연스럽게 대하기 때문에 형제로 오해받기도 한다. 두 사람의 관계는 육체적인 면도 있지만 영적, 지적 영역에서 더욱 안정적이며

정신과 마음의 결합을 보여준다. 두 사람은 이상주의자지만, 이때의 이상은 책으로 읽거나 꿈만 꾸는 것이 아니라 매일의 일상에서 실천되는 것이다. 두 사람은 결혼할 필요를 잘 못 느낀다. 큰 줄기로 볼 때는 이미 부부나 다름없으므로, 결혼식 같은 것은 무의미한 형식이 되어버리는 것이다.

천칭자리II는 친구들과 뭔가를 할 때 형제인 당신을 꼭 끌어들인다. 그렇게 당신을 사람들에게 소개함으로써 당신으로 하여금 좀더 정상적인 사회활동을 하도록 돕는 것이다. 한편 당신 또한 천칭자리II 형제에게 세상살이에서 권력이나 공격이 어떤 역할을 하는지 가르쳐준나. 어느 경우에든 두 사람은 개와 고양이처럼 으르렁대지만,

그러면서도 서로를 이해하며 정신적으로 강하게 결속한다.

친구나 연인인 경우, 두 사람은 비슷한 직업을 가지려는 경향이 있다. 그러나 길게 볼 때는 각자 다른 직업을 갖는 것이 더 좋다. 만약 두 사람이 상사와 직원, 혹은 직장동료로서 함께 일을 한다면 아주 편안하고 위트와 유머로 가득 찬 관계를 형성할 것이다.

밀턴 벌리 (1908년 7월 12일)
Milton Berle

에이미 셈플 맥퍼슨 (1890년 10월 9일)
Aimee Semple McPherson

코미디언 밀턴 벌리가 수많은 스캔들을 일으킨 바람둥이라는 것은 미국 연예계에서는 공공연한 사실이다. 1930년대에는 에이미 셈플 맥퍼슨과 몇 번의 은밀한 만남을 갖기도 했다. 맥퍼슨은 유명한 여성 복음 설교사이면서 스캔들을 많이 일으키는 것으로 악명 높다.

마찰 에너지

Harnessing Friction

두 사람은 막강한 한 쌍이다. 둘의 관계에서는 어떤 아이디어나 과제, 프로젝트에 대해서든 객관적이고 신중하고 체계적인 접근 방법이 강조된다. 두 사람은 조직을 만들거나 운영하는 일에 특히 재주가 있다. 그리고 이때 둘 사이에 발생하는 긴장은 목표 달성을 위한 추진력으로 전환된다.

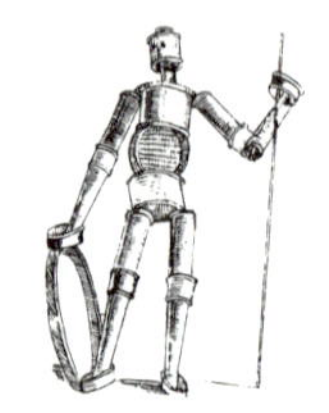

| 조언 한마디 | 개인적인 문제에 대해서는 휴전하라.
가끔은 함께 휴식을 취하라.
즐기는 것은 부끄러운 일이 아니다.
타인을 좀더 배려하라. |

두 사람의 별자리는 황도대에서 90°를 이룬다. 이 경우 전통 점성학에서는 갈등이 많을 것으로 예견하는데, 일견 맞는 말이기도 하지만 두 사람은 이러한 갈등을 에너지로 바꾸어버린다. 즉 불리한 점을 장점으로 바꿀 줄 아는 능력이 있는 것이다. 둘의 관계는 '흙'의 지배를 받아 현실적이고 안정적인 성향을 보여주는데, 덕분에 야망이 점점 커진다.

두 사람 다 사랑보다는 야망이 우선이므로 로맨스는 별로 환영받지 못한다. 둘의 사랑은 성적으로 강렬한 편이지만 애초에 애정이라는 것이 별로 없다. 그러다보니 화합하기보다는 갈등하는 경우가 많다. 결혼은 연애에 비해 좀더 현실적이며 따라서 사회적인 야심도

강 점 · **현실에 뿌리내린다, 조직적이다, 노력한다**
약 점 · **무자비하다, 요구가 많다, 엄하다**
행복한 만남 · **일**
힘겨운 만남 · **우정**

크다. 결단력과 야망이 타의 추종을 불허하는 두 사람은 함께 힘을 합쳐 경제적, 사회적 성공을 이룬다.

우정은 별로 좋지 않다. 두 사람은 마음 푹 놓고 편히 쉴 줄도 모르며, 잔잔한 재미나 오락에 빠져들지도 못한다. 마찬가지로 부모자식 관계에서도 야심이 대단해 서로에게 스트레스를 많이 준다.

한편 함께 일한다면 강력한 팀이 될 수 있다. 특히 조직력이 뛰어나기 때문에 사회집단이나 회사, 동료를 이끌어나가는 데 탁월하다. 이 경우 개인적인 의견 차이는 잠시 옆으로 밀려나고 조직의 성취와 성공에 모든 노력이 집중된다. 그런데 두 사람이 리더로 활약할 때 잊지 말아야 할 것이 있다. 밑에서 봉사하는 사람들에게 친절하고 인간적으로 대하려고 노력해야 한다는 것이다. 두 사람 모두 최고가 되기 위해 무자비할 정도로 전력질주하다 보니 주변 사람들에 대한 배려를 간과하는 경향이 있기 때문이다. 두 사람의 추진력은 엄청난 것이어서 자기 자신뿐 아니라 동료나 직원들을 인내심의 한계까지 몰아붙인다.

마리나 오스왈드 (1941년 7월 17일)
Marina Oswald

리 하비 오스왈드 (1939년 10월 18일)
Lee Harvey Oswald

리 하비 오스왈드는 케네디 대통령의 암살범으로 알려져 있다. 그는 1959년 러시아로 건너가 민스크에서 일을 하면서 마리나를 만났다. 이들은 1961년에 결혼했고, 다음해 딸과 함께 미국으로 돌아와 댈라스에 정착하게 된다. 알려진 바에 의하면 1963년 11월 22일 그는 케네디 대통령을 암살했으며, 경찰의 조사가 시작된 지 며칠 후 권총으로 자살했다.

빠른 흐름

Swift Currents

이 관계는 두 사람의 깊은 내면을 건드리며 감정적으로 지극히 복잡하다. 그러면서 또한 고립되어 있어 외롭기까지 하다. 그러므로 둘이 커플이 되면 다른 사람들과 의미 있는 관계를 맺기 힘들어진다. 특히 둘이 가족이거나 직장동료일 때 더 심하다.

두 사람의 관계에서 강조되는 것은 둘 사이의 역동성이다. 천칭-

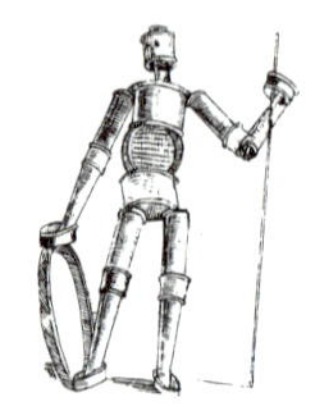

휴식이 관건이다. 짜증을 내거나
과민반응을 보이는 일이 없도록 노력하라.
우호적인 것이라 하더라도 경쟁은 무조건 조심해야 한다.
뭐든 과하지 않도록 조심하라. 명상하라.

전갈자리는 다루기 힘든 사람으로 악명 높다. 그러므로 그를 이해시키기 위해서는 게자리Ⅲ 당신의 설득력을 총동원해야 할 것이다. 그런데 두 사람은 어떻게 하면 상대방의 감정을 상하게 할 수 있는지 잘 알고 있다. 따라서 상대방에 대해 쉽게 화를 내지 않는 새로운 성격을 기르는 동안, 서로 얼마나 솔직함을 유지할 수 있는지가 두 사람에게 주어진 숙제다. 사실 두 사람의 미성숙함은 갈등이 빚어지면서 낱낱이 드러나게 되어 있다. 하지만 이것은 또한 장점이 될 수 있다. 왜냐하면 서로 성숙해 가는 과정을 통해 두 사람이 유대감을 갖게 되기 때문이다.

일단 두 사람이 서로에게 매력을 느꼈다면, 둘의 사랑은 험난하고

강점 · **지적이다, 격려한다, 심오하다**
약점 · **신경질적이다, 민감하게 반응한다, 중독성**
행복한 만남 · **우정**
힘겨운 만남 · **사랑**

도 강렬할 것이다. 두 사람 다 여기서 객관성을 유지한다는 게 거의 불가능할 것이다. 감정의 물결이 너무 세차 늘 갈등의 요소가 주위를 맴돌고 있기 때문이다. 당신은 불안정하고 천칭-전갈자리는 지나치게 비판적인데, 사랑을 할 때 둘의 이런 성향은 더욱 심해진다. 게다가 두 사람은 극단으로 치닫는 경향이 있어서 심하면 섹스 중독이나 애정 중독으로 고통을 겪게 될 수도 있다. 물론 알코올 중독이나 마약 중독의 가능성도 짙다.

연애뿐 아니라 결혼생활에서도 무언가에 중독될 가능성이 높은데, 이때 중독은 두 사람 관계의 강한 정신적 성향과 그로 인한 신경 과민으로부터 탈출할 수 있는 출구 역할을 하기도 한다.

직장동료나 친구일 때는 좀더 객관성과 안정을 유지할 수 있다. 하지만 직업 문제나 친구 문제를 둘러싸고 질투심과 경쟁심이 생겨나면 둘의 결속은 약해질 수밖에 없다. 당신은 천칭-전갈자리에 비해 주목받고 싶어하는 욕망이 덜한 편이다. 따라서 당신은 경쟁자가 나타났을 때 한 발 뒤로 물러서는 쪽을 택하며, 현명하게도 모두에게 이익이 되는 쪽으로 대안을 찾기 위해 노력한다.

피비 케이츠 (1963년 7월 16일)
Phoebe Cates

케빈 클라인 (1947년 10월 24일)
Kevin Kline

다재다능한 연극·영화배우 케빈 클라인은 〈새로운 탄생The Big Chill〉(1983), 〈완다라는 이름의 물고기A Fish Called Wanda〉(1988년 아카데미 남우조연상 수상), 〈데이브 Dave〉(1993) 등의 영화로 유명하다. 여배우 피비 케이츠는 춤의 신동이었고 패션모델이었으며, 1980년대와 90년대에는 청춘영화의 주인공으로 활약했다. 두 사람은 결혼하여 현재까지 행복한 부부로 살고 있다. 케이츠는 가정생활에 충실하기 위해 1984년부터 1988년까지 4년 동안 연예계를 떠나기도 했다.

연막

A Smoke Screen

이 관계는 당사자인 두 사람에게도 수수께끼같이 느껴진다. 통찰력이 뛰어난 두 사람은 서로를 이해하거나 감동시킬 수 없다는 사실을 알아채고는 좌절할 수밖에 없다. 둘의 관계는 마치 완전한 이해를 가로막고 있는 연막과도 같다. 두 사람이 함께 일을 하거나, 함께 살거나, 또는 아주 가까운 친구 사이거나 상관없이 언제나 많은 부

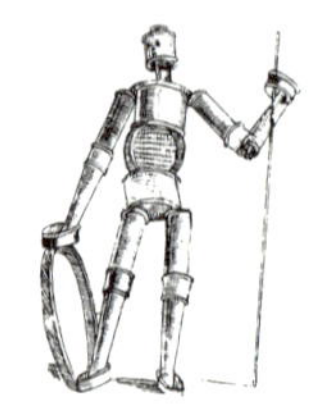

| 조언 한마디 | 정직하고 솔직해지기 위해 노력하라.
때로는 긴장을 풀 필요도 있다.
타협은 서로에게 이득이 된다.
당신의 행동이 가져온 결과를 직시하라. |

분이 얘기되지 않은 채로 남아 있으며 고의로 은폐된다. 둘의 관계에는 뭔가 필연적인 것이 있다. 교육 수준이나 인종, 종교, 직업적 관심사가 다른데도 불구하고 두 사람을 싫든 좋든 하나로 묶어내는 운명적이고 숙명적인 힘 말이다. 그러나 동시에 바로 그것이 더 깊은 결합을 방해하게 된다.

둘의 사랑은 성적으로 강렬하다. 단순한 희롱에서부터 명백한 유혹에 이르기까지, 두 사람은 일정한 성적 접촉을 유도하는 도발적인 행동들을 한다. 하지만 두 사람 다 이 일에 대해 쉬쉬하고 싶어하며, 그러므로 언제 어디서 만날지에 대해서는 매우 신중한 태도를 보인다. 만약 둘 중 한 사람에게 오래된 애인이 있거나 배우자가 있다면,

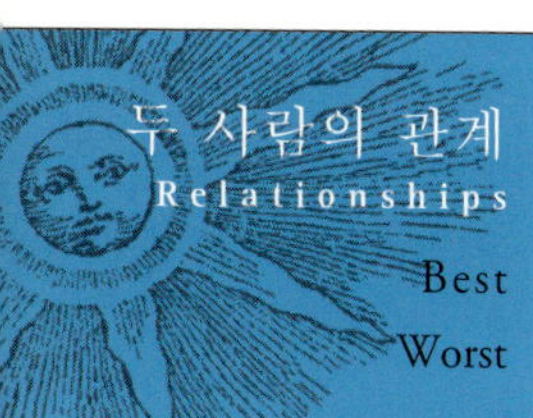

강점 · **생산적이다, 이익을 준다, 강하게 끌린다**
약점 · **부정직하다, 비밀이 많다, 해를 끼친다**
행복한 만남 · **결혼**
힘겨운 만남 · **일**

둘은 헤어질 수밖에 없으며 심하면 삼각관계에 얽힌 세 사람 모두가 헤어지게 될 가능성도 높다.

두 사람의 결혼은 성공할 가능성이 높다. 하지만 이 경우에도 둘은 서로에게 솔직하지 못하며, 원하는 것을 얻으려 할 때도 직접 말하기보다는 교묘한 술책에 의존하려 한다. 전갈자리I은 당신이 비도덕적인 속임수를 쓴다고 생각하며, 당신은 그가 이기적이며 당신을 조종하려 든다고 생각한다. 그러나 그럼에도 불구하고 두 사람의 결혼은 오래 지속되며 풍요롭다.

부모자식 관계나 상사와 직원 관계일 때는 권력 다툼이 생겨나기 쉬운데, 둘의 가족이나 회사 입장에서는 이 문세를 해결하기 위해 타협하고 협상하는 과정에서 오히려 많은 이익을 얻게 된다. 대화의 통로가 열려 있고, 어느 정도의 타협이 이루어진다면 두 사람은 일정 기간 동안 잠정적으로 휴전할 수도 있을 것이다.

존 퀸시 애덤스 (1767년 7월 11일)
John Quincy Adams

존 애덤스 (1735년 10월 30일)
John Adams

존 애덤스는 미국 건립의 아버지이자 2대 대통령(1797~1801)이다. 그의 아들 존 퀸시는 나중에 6대 대통령(1825~29)이 되었다. 그는 어린 시절 아들을 유럽에서 교육시켰으며, 조금 커서는 집에 데려다놓고 7년 동안 직접 가르쳤다. 존 애덤스가 중점적으로 가르친 것은 외교학으로, 나중에 존 퀸시는 아버지의 가르침을 현실정치에 그대로 실천했다.

편안한 틈새

A Comfortable Niche

이 관계의 테마는 꿈과 야망의 실현이다. 하지만 정작 두 사람의 의욕이나 의지력의 수준은 거기에 미치지 못한다. 원래 두 사람은 장애물을 보면 오히려 자극을 받고, 일단 한 가지 사명을 부여받으면 완전히 포기하는 일이 별로 없다. 문제는 별다른 방해를 받지 않는 상태에서 약간 실망하거나 후퇴하게 될 때다. 갑자기 적극적인

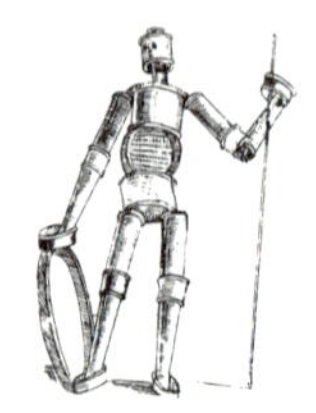

자신을 좀더 몰아붙여라.
현실적이 되고, 스스로에게 비판적이 되라.
꿈이 행동을 대신하게 해서는 안 된다.
당신의 상상력을 좀더 적극적으로 사용하라.

열의가 한풀 꺾이며 결심도 흔들리게 된다. 두 사람은 너무나 자주 이런 식으로 편안한 틈새에 안주하고는, 언젠가는 성공할 수 있을 거라 꿈꾼다. 한편 그러는 와중에 둘 사이에는 깊은 연대감이 생겨나는데, 두 사람은 어려움이 닥칠 때마다 이렇게 서로에게 기댄다.

둘의 사랑과 결혼은 즐겁고 편안하다. 오히려 너무 편한 것이 문제일 정도다. 너무 쉽게 서로에게 만족하기 때문에 별다른 요구를 하지 않으며, 그러다보니 발전하고 성숙하도록 서로를 자극하는 일도 없다. 두 사람의 관계에서는 몸의 편안함과 안전이 지나칠 정도로 큰 비중을 차지한다. 두 사람은 아이를 극진하게 보살필 줄 알며, 또한 아름답고 안전한 가정을 꾸미려는 욕구가 강하다.

강점 · **창의적이다, 즐겁다, 미래가 보장됐다**
약점 · **정체됐다, 낙심한다, 쉽게 속는다**
행복한 만남 · **일**
힘겨운 만남 · **결혼**

형제나 친구로서 두 사람은 환상의 세계를 함께 나눈다. 상상 속의 온갖 계획과 꿈들이 두 사람의 마음속을 가득 채우는데, 하지만 그만큼 현실 세계에서 업무를 수행할 능력과 의지는 상실하게 된다. 두 사람 다 자발적인 동기부여의 중요성을 인식하지 못하며, 특히 둘의 관계가 즐겁다면 굳이 그렇게 할 필요성조차 느끼지 못한다.

함께 일하는 관계가 됐을 때 가장 이상적인 경우는 회사나 조직의 앞날이 두 사람의 어깨에 달려 있는, 그런 동료 관계일 때다. 이럴 때 두 사람의 창의적인 비전은 빛을 발한다. 물론 그러기 위해서는 두 사람 주변에 현실감각이 뛰어난 동료들이 많이 있어줘야 한다. 물론 두 사람의 실행 능력에 대해서 의구심을 표하는 사람들도 많겠지만, 몇 번의 의미 있는 성공을 통해 적들의 비판을 쉽게 잠재울 수 있을 것이다.

애비게일 애덤스 (1744년 11월 11일)
Abigail Adams

존 퀸시 애덤스 (1767년 7월 11일)
John Quincy Adams

존 퀸시는 존 애덤스와 애비게일 사이에서 태어났다. 그가 태어날 당시 존 애덤스는 조그만 시골 마을의 변호사였다. 그의 어머니 애비게일은 총명하고 의지력 강한 여성이었다. 그녀는 존 퀸시에게 청교도주의에 입각한 아주 엄격한 교육을 행했고, 근면함과 애국심의 중요성을 역설했다.

단단한 기초

A Firm Foundation

이 관계는 일단의 규칙과 규범을 만들고, 그것을 아주 진지하게 받아들인다. 일반적으로 전통적이며 신념이 확고한 두 사람의 관계는 과도한 감정은 좋아하지 않으며 합리성을 선호한다. 두 사람의 타고난 열정으로 봤을 때, 이것은 좋은 성향이며 둘의 관계가 단단한 기초에 놓이노톡 톱는다.

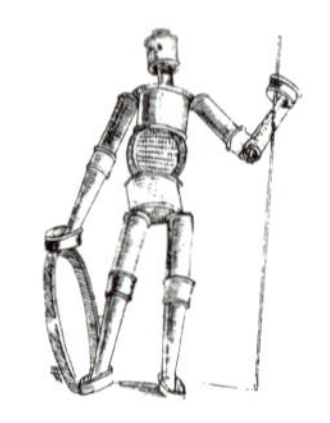

| 조언 한마디 | 집을 벗어나 세상 밖으로 나가라. |

집을 벗어나 세상 밖으로 나가라.
위험을 동반한 흥미로운 경험을 함께 나눠라.
잠자고 있는 열정을 깨워라.
당신이 그러하듯, 타인도 당신에게 도움이 될 수 있다.

게자리Ⅲ 당신과 전갈자리Ⅲ은 황도대에서 120°를 이루는데, 전통 점성학에서는 둘 사이가 편안하고 비교적 말썽이 없을 것이라고 본다. 두 사람 다 '물'의 별자리여서 에너지의 활발한 흐름이 가능하지만, 관계 자체는 꽤 실제적인 편이다. 두 사람은 일단 주어진 임무와 약속은 한 치의 틀림도 없이 이행하려고 노력한다.

둘의 사랑은 노골적이고 감각적이지만 불같은 열정은 별로 없다. 두 사람 다 자기 체면을 손상시키거나 손해보는 일은 하지 않으려고 하기 때문에, 만약 어느 한쪽이 의존적이 되거나 뭔가를 요구하게 된다면 관계는 머지않아 끝나게 될 것이다.

결혼생활에서는 책임감 있고 현실적인 성향이 좀더 많이 발휘되

는 편이다. 당신을 통제하려던 전갈자리Ⅲ은 당연히 그런 태도를 자제하기 시작할 것이며, 당신은 능력 있는 그가 둘의 관계 속에서 자신의 역할을 다할 수 있도록 기꺼이 내버려둔다.

또한 두 사람의 우정은 아주 멋지다. 인내심과 이해심이 뛰어나 지극히 사적인 문제까지도 의논하고 나눌 수 있다. 실용주의가 두 사람 우정의 장점이므로, 두 친구는 서로에게서 많은 조언을 구하게 된다. 두 사람이 직장동료라면 몇 년씩 나란히 함께 일하면서 조화를 이룰 것이다. 둘 사이에 오가는 감정을 굳이 떠벌리지는 않겠지만, 어떤 방식으로든 서로에 대한 존경과 애정을 표시할 것이다.

두 사람이 부모자식 관계이거나 형제산일 때는 다른 가속들이 의

지할 수 있는 든든한 토대가 되어준다. 식사 준비나 가사 분담과 같
은 기초적인 살림 문제는 두 사람 다 관리 능력이 뛰어나므로 잘 해
결할 수 있다.

다니엘 바렌보임 (1942년 11월 15일)
Daniel Barenboim

핀커스 주커만 (1948년 7월 16일)
Pinchas Zukerman

피아니스트 다니엘 바렌보임과 바이올리니스트 핀커스 주커만은 친구였으며, 또한
함께 연주하고 음반도 발표한 음악 동료였다. 두 사람 다 베토벤에 대해 특별한 열
정을 갖고 있었다. 두 사람이 함께한 연주 중에는 베토벤의 바이올린 소나타가 있으
며, 첼리스트 재클린 뒤프레(바렌보임의 아내)와 함께 연주한 베토벤의 피아노 삼
중주도 유명하다.

불확실성의 원리

The Uncertainty Principle

이 관계는 뭔가 새로운 일을 시작하는 데 몰두한다. 사실 이 관계를 은유적으로 표현한다면 '탄생' 혹은 '전통적인 행위에 새 생명 불어넣기'라고 할 수 있다. 두 사람은 이 관계를 통해 자신감을 얻게 된다.

두 사람은 실패할 위험이 너무 높은 프로젝트는 처음부터 시작하

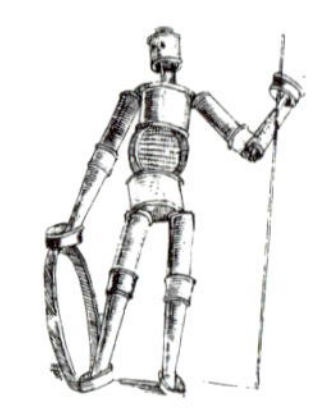

감정의 기복을 없애라.
거절을 두려워하지 마라.
신뢰하고 함께 나누는 법을 배워라.
일이나 가족을 떠나 둘만의 시간을 가져라.

지 않는다. 또한 권위에 대항하는 데 주저하지 않으며, 원칙을 주장함에 있어 일치단결된 모습을 보여준다. 하지만 한편으로 이 관계는 두 사람의 몽상가적인 면모를 부추긴다. 두 사람 다 약간은 불확실한 상황일 때 더 능력을 발휘하기 때문이다. 이미 성공이 보장되어 있다면 새로운 프로젝트에 도전하는 것도 별 재미가 없을 것이다.

두 사람의 사랑은 처음 시작할 때 그야말로 폭발적이다. 처음엔 하늘로 붕 뜰 정도이다. 그러나 곧 자제를 하게 된다. 그럼에도 이 관계는 게자리Ⅲ 당신의 과도한 면을 부추기는데, 당신도 자신이 감당할 수 없는 행동을 하고 있다는 것을 알고 있다. 전갈-사수자리는 이러한 당신의 강렬함에 매력을 느끼지만, 어느 순간 지겨워졌을 때

강점 · **주도한다, 직업의식이 강하다, 의지할 만하다**
약점 · **불안정하다, 두려워한다, 위태롭다**
행복한 만남 · **일**
힘겨운 만남 · **우정**

는 이미 당신의 감정적 요구에서 헤어나기 힘든 상황에 접어들었을 때다. 한편 전갈-사수자리에게는 변덕스러운 성향이 있는데, 그는 이런 자신의 변덕에 당신이 얼마나 많은 상처를 받는지 알면서도 오히려 그것을 약점 삼아 더욱 교묘하게 파고든다.

결혼생활은 좀더 독립적인 편이다. 마찬가지로 사업 관계로 만날 때도 상당히 프로패셔널하다. 사실 두 경우 다 겉보기와 달리 당신의 불안정함과 전갈-사수자리의 두려움을 감추고 있다. 물론 이러한 부정적인 요소가 오히려 두 사람의 관계를 성공시키는 자극제가 되어주기도 한다. 두 사람이 부부라면 세심한 부모가 되며, 동업자라면 프로젝트를 마치 자신의 자식처럼 소중히 여기며 올바른 길로 이끈다.

　하지만 부모자식 관계에서 게자리Ⅲ 부모는 전갈-사수자리 아이에게 반항심을 불러일으킨다. 한편 전갈-사수자리 부모는 게자리Ⅲ 아이가 필요로 하는 정서적 안정감을 갖추고 있지 못하다. 둘 사이에는 우정보다는 경쟁 관계가 더 일반적으로 나타난다. 두 사람다 자신들이 가지고 있는 강렬함을 대결을 통해 표출하고 싶어하기때문이다.

램브란트 반 레인 (1606년 7월 15일)
Rembrandt van Rijn

베네딕트 드 스피노자 (1632년 11월 24일)
Benedict de Spinoza

화가 램브란트와 철학자 스피노자는 모두 17세기의 네덜란드인으로서 조국의 문화에 지대한 영향을 끼쳤다. 이들은 네덜란드의 '황금시대(식민지를 통해 네덜란드의 부가 확장되던 시기)'에 활발히 활동했으며, 암스테르담의 같은 지역에서 살았다. 두 사람 다 인간의 삶에 큰 관심을 가졌으며, 인간의 자각을 높일 수 있는 철학적 명제를 찾아 헤맸다.

먼산 위 무지개

Rainbow Over Distant Mountain

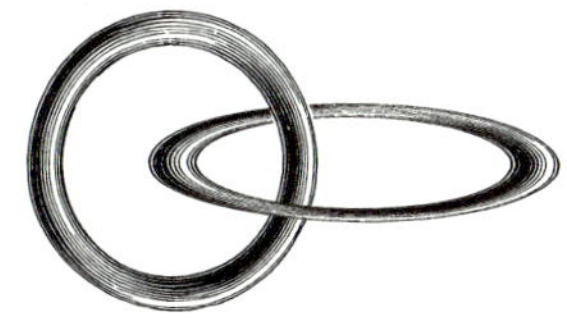

두 사람에게는 진기한 아름다움이 있다. 그것은 마치 소나기가 쏟아진 후 먼산에 걸린 무지개와도 같다. 두 사람은 자신의 행운을 믿기지 않아 한다. 심미적인 취미나 오락적인 면에서 두 사람은 이 관계에 아주 만족해 하며, 그 만족감이 관계 전반을 지배한다. 두 사람은 성격두 전혀 다르고 공통점도 없이 보인다. 게자리는 '물' 이고

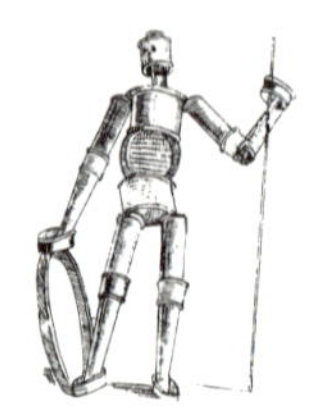

둘 사이에 일어나는 일에
의심을 품지 마라. 농담은 애정의 표현일 수 있다.
서두르지 말고 천천히 하라.
자신이 가진 것을 소중히 여길 줄 알아야 한다.

사수자리는 '불'인데, 설득력이 뛰어난 게자리Ⅲ의 물은 독립적인 사수자리Ⅰ의 불꽃에 상당한 위협으로 느껴진다. 하지만 관계 자체는 '흙'과 '공기'의 지배를 받게 되는데, 그러므로 네 가지 원소가 균형을 이루며 관계를 완성시킨다.

두 사람의 사랑은 일생에 한번 올까 말까 한 경험이다. 일단 시작되기만 한다면 말이다. 사실 둘 사이에 사랑이 싹틀 가능성은 거의 없어 보이지만, 두 사람은 상대방에게서 다른 사람들은 미처 보지 못한 장점들을 발견해 낼 수 있다. 그렇게만 된다면 놀라운 연금술이 작용한다. 두 사람의 자질을 하나로 합쳐 최고의 아름다움을 만들어내는 것이다. 그러나 결국 이 관계는 덧없이 지나가버리며, 두

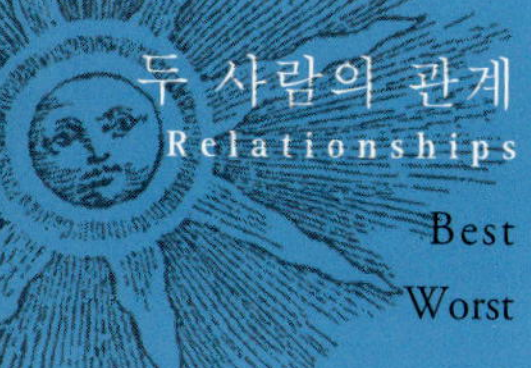

강점 · **조화를 이룬다, 완벽하다, 재미있다**
약점 · **덧없다, 참견한다, 서두른다**
행복한 만남 · **우정**
힘겨운 만남 · **결혼**

연인은 그것이 꿈이었는지 생시였는지 어리둥절해 하며 뒤에 남겨진다.

둘의 결혼은 이론적으로 볼 때 성공적이다. 두 사람 다 진지한데다 남을 보살피는 능력도 뛰어나기 때문이다. 그런데 이상하게도 두 사람의 사랑은 그 정도 깊이에까지 도달하지 못한다.

한편 우정은 견실하며 즐겁다. 당신은 사수자리I 친구와 장난치는 것을 좋아하며, 그를 장난삼아 압박하거나 속여 엉뚱한 행동을 하도록 유도한다. 사수자리I도 당신을 괴롭히면서 즐거워하고, 가끔은 당신의 진지한 태도를 조롱하기도 한다.

게자리III 부모는 사수자리I 아이가 필요로 하는 권한을 주며, 지

원을 아끼지 않고, 이해심을 발휘한다. 이때 한 가지 조심할 것은 아이의 사생활에 간섭하지 않도록 해야 한다는 것이다. 사수자리I 부모는 게자리III 아이를 고무시켜 주는 역할모델이 될 수 있다. 그러나 성급한 행동과 결정을 함으로써 자기도 모르게 아이의 마음에 상처를 줄 수 있으므로 조심해야 한다. 두 사람이 함께 일하면 아주 훌륭한 팀을 이루는데, 특히 한눈팔지 않고 열심히 프로젝트에 매달리는 것이 가장 큰 장점이다.

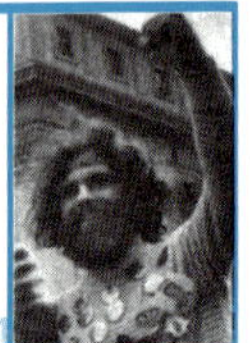

애비 호프만 (1936년 11월 30일)
Abbie Hoffman

제리 루빈 (1938년 7월 14일)
Jerry Rubin

애비 호프만과 제리 루빈은 자본주의의 타락에 정면으로 맞섰던 반체제 운동가들이다. 1960년대에 이들은 반체제 문화운동의 선봉에 섰다. 학생조직이었던 SDS에서 활동을 시작한 이들은 '이피Yippie(히피와 신좌파의 중간을 자처하는 일단의 젊은 이들)' 운동을 벌이기 시작했는데, 풍자적인 방식으로 저항운동을 벌이는 게 특징이었다. 루빈과 호프만은 후에 각자의 길을 가게 된다.

지나친 요구

High Demands

　비슷한 사고방식을 가진 두 사람이 만났다. 잘만 된다면 이 관계는 사상, 기술, 가치관에 있어 완벽해질 수 있으며 각자 행동할 때보다 훨씬 더 자신의 원칙에 충실할 수 있게 된다. 두 사람은 이 관계가 믿음직하다고 느끼지만, 또한 그만큼 의존적이 되기 쉽다. 사수자리 II의 경우가 특히 심한데, 그는 게자리 III 당신의 강력한 지도력

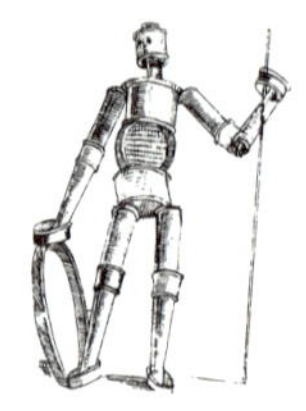

조언 한마디 | 전문성에 대한 요구는 조금 자제하라.
매일의 일상에도 관심을 가져라.
둘의 관계뿐 아니라 다른 사람에게도
마음의 문을 열어라. 지나친 의존을 조심하라.

과 조직력을 존경한다. 또한 당신이 그의 유별난 성격까지도 높이 평가하고 이해해 준다는 사실을 잘 알고 있다.

사랑을 할 때 둘의 관계는 요구가 많은 편인데, 성적인 요구뿐 아니라 사회적인 체면에 대한 요구도 많다. 두 사람 다 서로를 자랑스러워하며, 또 그 사실을 남들에게 알리기도 한다. 동시에 둘은 사생활을 보호하려는 의지가 강하여, 오랜 기간 동안 아무 간섭 없이 둘만의 시간을 보내고 싶어한다.

두 사람의 결혼은 약간 비현실적인 편이다. 두 사람 다 결혼생활에서 대단한 만족감과 행복감을 느끼는데, 그러다보니 당면한 문제에 대한 관심은 흐트러지게 되는 것이다. 결국 문제점들이 간과되며

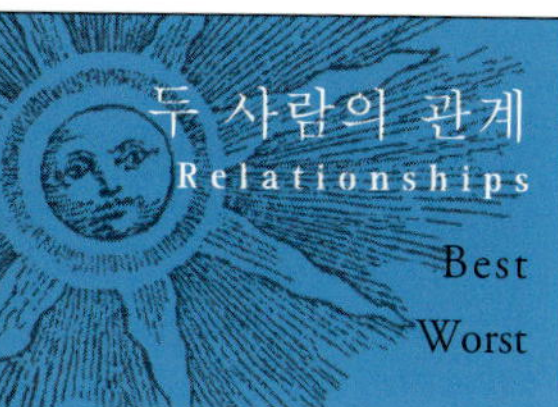

강점 · **열중한다, 요구가 많다, 행복하다**
약점 · **배타적이다, 도취되어 있다, 무관심하다**
행복한 만남 · **사랑**
힘겨운 만남 · **가족**

무시된다. 물론 이런 경험으로부터 둘은 중요한 교훈 하나를 얻게 된다. 즉 행복감에 도취된 때일수록 뭔가 잘못되거나 주의해야 할 일은 없는지 확인해 봐야 한다는 것이다.

우정은 공적인 영역과 사적인 영역을 넘나든다. 친구인 두 사람은 일도 함께 하고 싶어한다. 그래서 보통 취미로 시작했던 것이 직업으로 발전하는 경우가 흔하다. 두 사람은 또 일의 성취 목표도 꽤 높은 편이고 완벽주의적인 성향도 유별날 정도다. 역으로, 일을 중심으로 시작된 직장동료 관계도 우정으로 발전하는 경우가 많다. 이때 두 사람은 둘의 관계에 지나치게 열중해 주위의 배우자나 다른 친구, 가족들이 끼어들 틈을 좀처럼 내주지 않는다. 이렇게 되면 분노와 질투가 생겨나는 것은 자명한 이치다.

밀턴 벌리 (1908년 7월 12일)
Milton Berle

조이스 매튜스 (1919년 12월 5일)
Joyce Matthews

희극배우 밀턴 벌리와 쇼걸이었던 조이스 매튜스는 두 차례 결혼을 했다(1941, 1949년). 두번째로 결혼했을 때는 아이까지 입양하면서 결혼생활을 지속시키기 위해 노력했지만, 결국 실패로 끝나고 말았다. 이 기간 동안 매튜스는 두 번이나 자살기도를 했다.

흥미로운 샛길

Interesting Byways

이 관계는 즐거움과 상상력으로 가득하며, 기존의 한계를 뛰어넘고자 하는 열망도 강하다. 두 사람은 강한 호기심으로 환상과 모험의 세계를 탐험하는데, 특히 새로운 길을 발견하면 반드시 가고야만다. 두 사람의 별자리는 황도대에서 150°를 이루고 있는데, 이때 전통 점성학은 불안정한 관계를 예견한다. 하지만 이 경우에는 불안

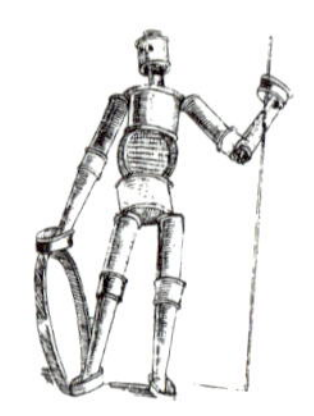

| 조언 한마디 | 좀더 오랫동안 견뎌내라.
좀더 깊이 헌신하라.
출세를 위한 지나친 경쟁심은 위험할 수 있다.
좀더 진지해진다고 해서 나쁠 건 없다. |

정함이 오히려 흥미를 돋우는 양념이 되어주며, 좀더 대담해질 수 있도록 채찍질하는 역할을 한다.

둘 사이의 로맨스는 환상의 요소가 강하여 짧게 끝나지만 오랫동안 잊혀지지 않는다. 두 사람은 장기전에는 잘 맞지 않는다. 왜냐하면 두 사람 다 상대방의 쾌활함을 북돋워주기는 하지만 한편으로는 자주 우울해지는 경향이 있기 때문이다. 또 이때의 우울함은 둘의 관계에 중요한 변수로 작용한다. 나중에 뒤돌아볼 때 둘의 사랑이 실수이거나 재앙이었다고 하더라도 한 가지는 인정해야 할 것이다. 서로가 두 사람의 삶에 아주 중요한 영향을 끼쳤다는 사실 말이다.

결혼은 권하고 싶지 않다. 둘 다 일하는 데 바빠 아이 양육이나 가

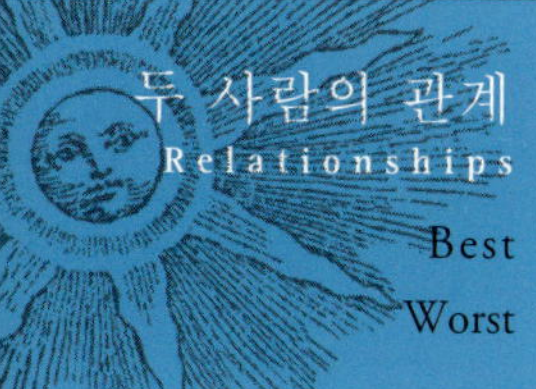

강점 · **장난을 좋아한다, 대담하다, 순수하다**
약점 · **무책임하다, 불안정하다, 유치하다**
행복한 만남 · **우정**
힘겨운 만남 · **결혼**

정생활에 필요한 시간을 여간해서 내지 못할 것이기 때문이다.

남매간일 때 두 사람은 부모나 다른 가족들로부터 집중적인 관심을 받는다. 둘은 장난을 치면서 행복해 하고 머리 속으로 동화 같은 상상의 나래를 편다. 그러나 함께 일을 하는 관계라면 정반대의 계획과 관점 때문에 다투는 일이 잦을 것이다. 여기서 관계의 갈등이 생겨나는데, 그 때문에 회사 내 승진을 두고 경쟁하기도 한다.

우정은 활동적이고 사교적이다. 두 사람은 어리석게 행동하는 것을 별로 부끄러워하지 않는다. 하지만 다른 사람들이 유치하다고 비난할 경우에는 의외로 예민하게 반응한다. 친구로서 두 사람은 자신들이 속해 있는 가족이나 모임이 심각해지지 않도록 분위기를 살 놓

우는 편이다. 두 사람은 자신들의 모래장난에 사람들을 초대하기도
할 것이다.

리브 울만 (1939년 12월 16일)
Liv Ullman

잉마르 베리만 (1918년 7월 14일)
Ingmar Bergman

영화작업을 통해 강렬한 교감을 느낀 감독 잉마르 베리만과 여배우
리브 울만은 서로에 대해 흥미를 느끼게 된다. 이들은 각자 이혼을
결행한 후 5년 동안 동거를 하면서 아이도 낳았다.

최고를 끌어내다

Bringing Out the Best

두 사람은 늘 서로 더 나아지기를 독려한다. 그러나 서로 발전하도록 격려하는 데에도 한 가지 조심해야 할 것이 있다. 단순히 상대방의 발전을 돕는 데 그쳐야지, 자신의 의견이나 판단을 상대방에게 강요하려 해서는 안 된다는 점이다. 서로를 발전시키려는 성향은 두 사람을 굳게 결속시킬지는 몰라도 행복하게 만드는 것은 아니다.

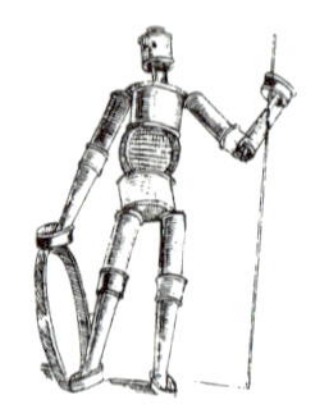

좀더 자신감을 가져라.
자신의 능력에 대해 뭔가 증명하려는 시도는
이제 그만둘 때가 됐다. 일상생활에서 평등한 관계를
유지하라. 건방지고 속물적인 태도를 조심하라.

게자리Ⅲ 당신은 사수-염소자리를 적극적인 사람으로 바꾸기 위해 애쓴다. 하지만 설득력에서만은 자신있던 당신도 사수-염소자리를 말 잘하고 표현력 뛰어난 사람으로 만들려는 시도에서는 번번이 좌절한다. 그리고 사수-염소자리 쪽에서는 자신을 그런 식으로 몰아붙이는 데 대해 분노하여 당신을 혐오하게 될 수도 있다. 그는 자기만의 속도를 지켜가며 스스로 준비되었다고 느꼈을 때 비로소 자신을 드러내고 싶어하기 때문이다. 한편 나름대로 유행에 민감한 사수-염소자리는 촌스러운 당신을 좀더 세련된 사람으로 바꾸고 싶어한다.

두 사람이 사랑을 할 때는 약간의 신데렐라 콤플렉스가 작용한다.

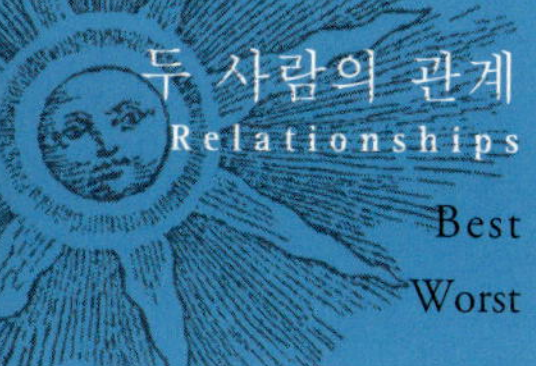

강점 · **격려한다, 인정한다, 존경한다**
약점 · **불행하다, 좌절한다, 몰아붙인다**
행복한 만남 · **결혼**
힘겨운 만남 · **사랑**

자신감이 부족한 사수-염소자리는 당신이 자신을 선택했다는 사실을 쉽사리 믿지 못한다. 예전의 경험이 머릿속을 맴돌면서 아마도 뭔가 오해가 있을 것이며, 시간이 지나면 감춰두었던 자신의 결점이 발각될 것이라는 식으로 생각한다. 물론 이때 당신은 보호자이자 구세주로서의 역할을 즐길 수도 있다. 하지만 결국은 좀더 당당하고 자신의 사랑을 당연한 권리로 받아들일 수 있는 그런 사람에게 눈을 돌리게 될 가능성이 높다.

두 사람의 결혼이나 우정이 성공하기 위한 핵심은 남의 이목이다. 남들의 눈에 귀중하고 주목할 만한 가치가 있어 보여야 한다. 즉 가족이나 다른 친구가 보기에 성공적인 관계여야 한다는 것이다. 커플로서 진가를 인정받고 숭배받는 것이 둘 관계의 핵심이자 주된 목표이기도 하다.

게자리Ⅲ 부모는 사수-염소자리 아이가 침묵의 세계에서 빠져나오도록 압력을 가하는데, 돌아오는 것은 완고한 저항뿐이다. 함께 일을 할 때 두 사람은 동등한 위치에 있게 될 경우가 많은데, 이때 막강한 협력자가 되기도 하지만 적수가 되기도 한다.

도널드 서덜랜드 (1934년 7월 17일)
Donald Sutherland

키퍼 서덜랜드 (1966년 12월 20일)
Kiefer Sutherland

베테랑 배우인 도널드 서덜랜드의 아들 키퍼는 아버지를 따라 배우의 길을 걷게 된다. 그는 1980년대와 90년대 할리우드의 인기 스타가 되었다. 키퍼의 데뷔작은 17세에 찍은 〈돌아온 맥스 듀간Max Dugan Returns〉(1983)인데, 아버지가 주연을 맡은 이 영화에 그는 단역으로 출연했다.

뭉치면 산다

United We Stand

이 관계의 초점은 둘이 한 팀을 이뤄 집단이나 회사를 움직이는 것이다. 두 사람은 자신들이 사회적으로 불안정하다고 느낄수록 더욱 하나로 뭉친다. 반대로 각자 더 큰 조직에서 비중 있는 위치를 맡게 된다면, 헤어지게 될 것이다. 이때 강조되는 것은 성취, 야망, 출세이다. 두 사람은 편안함을 별로 좋아하지 않으며, 대신 일과 성취

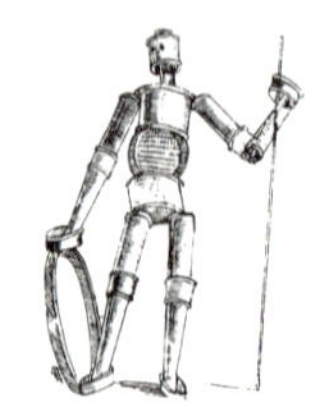

모든 걸 다 통제할 수는 없다는 걸 깨달아라.
현실도피가 싫다면 융통성을 길러라.
정신적인 가치를 높여라.
소중한 사람은 따뜻하게 보살펴줘라.

를 중요시한다. 너무 심할 정도로 그렇다. 그러므로 두 사람은 사회적 품위와 삶의 정신적인 측면에 대해 좀더 배워야 할 것이다.

사람들은 둘의 사랑이 현명하고 현실적일 것이라고 생각하지만, 실상은 전혀 그렇지 않다. 두 사람은 서로에게 변함없는 관심을 가지기 힘든데, 물론 이렇게 되면 당연히 관계를 지속하기 어려워진다. 하지만 또한 서로에게 이상한 열정을 품을 가능성도 높은데, 이 경우 어떠한 상식을 동원해 서로 안 어울린다고 설득해도 두 사람을 떼어놓을 수 없다. 커플로서의 두 사람은 감정을 잘 처리하지 못하며 쉽게 자제력을 잃는다. 삶의 다른 영역에서는 너무나 빈틈없는 두 사람이지만, 때로는 모든 것을 벗어던지고 욕망에 미쳐버리고 싶

강점 · **금전감각이 뛰어나다, 현명하다**
약점 · **물질주의적이다, 일 중독증, 독재적이다**
행복한 만남 · **일**
힘겨운 만남 · **사랑**

은 욕구가 숨어 있었던 것이다.

우정과 결혼 관계에서는 좀더 전형적인 모습을 보여준다. 사리판단이 아주 뛰어나며, 신중하고 정확하게 선택한다. 물론 충동은 억제된다. 부부일 때 두 사람은 안정을 추구하며, 특히 돈을 어떻게 쓸 것인가의 문제에 상당히 신중한 편이다. 인색하지는 않지만, 소비에는 근거가 있어야 하며 쓸데없이 돈을 낭비해서는 안 된다고 생각하기 때문이다. 부모가 되었을 때 두 사람은 책임감에 대하여, 또 근면하게 살아가는 문제에 대하여 자식을 심하게 닦달한다.

둘의 사업감각은 상당히 뛰어난 편이다. 사실 두 사람이 무엇보다 중요하게 생각하는 것이 바로 경제적인 문제이다. 함께 회사를 경영

181

한다면 아주 세심하게 관리할 것이다. 또 두 사람은 훌륭한 직장동료가 될 수 있으며, 경영진일 때도 회사를 위해 큰 방향을 제시하고 좋은 판단을 내릴 수 있는 역량이 있다. 하지만 상사와 직원 관계일 때에는 서로의 꼼꼼함에 짜증을 내게 될 가능성이 높다.

조 토리 (1940년 7월 18일)
Joe Torre

프랭크 토리 (1931년 12월 30일)
Frank Torre

뉴욕 양키즈의 감독 조 토리는 이미 은퇴한 야구선수인 프랭크의 동생이다. 프랭크는 월드 시리즈에서 홈런을 쳐서 조의 뉴욕 양키즈에게 큰 위협을 주기도 했다. 1996년 조는 뉴욕 양키즈의 감독으로서 월드 시리즈 우승을 차지했다. 당시 프랭크는 심장수술에서 아직 회복되지 않은 상태였는데, 동생에게 전화를 걸어 "풋내기, 아주 잘하고 있어!"라고 말했다. 조에게는 중요한 의미가 담긴 말이었다.

극복하려는 노력

Struggling to Overcome

두 사람이 힘을 합친다면 아무도 이들을 이길 수 없다. 하지만 서로 적수가 된다면 두 사람 다 일생일대의 고전을 면치 못할 것이다. 막강하고 영향력도 큰 두 사람, 물론 둘의 견해가 항상 일치하는 건 아니다. 특히 누가 명령권을 가질 것인지를 결정할 때는 더욱 그렇다. 처음 만났을 때조차 두 사람 사이에는 불꽃이 번뜩인다. 혹은 서

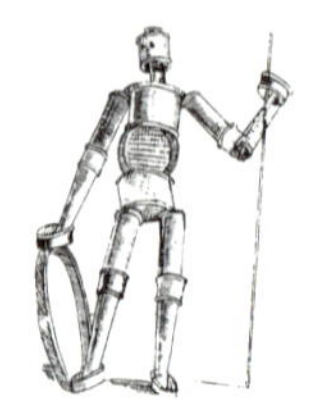

강렬함을 조금만 누그러뜨려라.
행복이 다가온다면 그대로 받아들여라.
때로는 가장 편한 길이 가장 좋은 길이다.
괜히 어려움을 자초하지 마라.

로를 조심스럽게 관찰하며 경계의 눈빛을 늦추지 않는다. 두 사람이 신뢰를 구축하기까지는 수없이 많은 다리를 건너야 한다. 그러나 일단 결속이 생기면, 둘은 아무도 가지 않은 새로운 길에 매력을 느낀다. 이미 누군가가 시도했고, 그래서 결과를 충분히 예측할 수 있는 일이라면 아무런 매력도 느끼지 못했을 것이다.

둘에게 사랑이나 우정은 권하고 싶지 않다. 두 사람 다 서로에게 친절하려는 노력도 하지 않고, 동정적이지도 않으며, 많은 것을 공유하려는 시도도 하지 않는다.

그러나 결혼이나 일, 혹은 두 가지가 혼재된 관계에서는 굳건한 결속력을 과시한다. 이 경우에는 이미 가지고 있는 것에 안주하기보

다는 보다 위험한 일에 매력을 느낀다. 두 사람 다 실패를 두려워하지 않는 용기를 타고났는데, 사실 이런 것 없이는 성공도 불가능한 법이다. 그러므로 두 사람은 도전에 직면했을 때, 혹은 극복하기 어려운 장애물을 만났을 때 오히려 마음이 편해진다. 결혼생활이 곤경에 처하거나, 엄청난 손해로 인해 사업이 고전하는 것은 두 사람에겐 큰일날 일이 아니다. 오히려 투쟁은 두 사람의 표어이자 슬로건으로, 둘의 관계를 승리로 이끄는 역할을 한다.

가족 관계, 특히 부모자식 관계에서는 종잡을 수가 없다. 항상 두 사람의 의지가 충돌하여 그냥 넘어가는 경우가 없다. 당신은 염소자리Ⅱ가 어려운 일이 생기면 솔직히게 털이놓기를 원하며, 염소자리Ⅱ

는 당신이 좀더 가정적이 되기를 요구한다. 두 사람은 위기가 닥쳐 모두가 둘에게 의지하는 상황을 통해서 좀더 가까워진다.

리처드 닉슨 (1913년 1월 9일)
Richard Nixon

제럴드 포드 (1913년 7월 14일)
Gerald Ford

닉슨 대통령은 1973년 부통령이던 스피로 애그뉴가 뇌물수수와 탈세로 인해 사임하게 되자, 그 자리에 제럴드 포드를 임명했다. 바로 이듬해 닉슨이 탄핵 위기에 몰려 퇴진하게 되자, 포드가 그 뒤를 이어 38대 대통령에 취임한다. 대통령이 된 포드는 닉슨이 저지른 모든 범죄를 사면함으로써 물의를 빚기도 했다.

완벽한 역할연기

Consummate Role-Players

이 관계는 인생을 극장으로 여기며 본인들은 배우의 연기를 비평하는 행복한 관객이라고 생각한다. 물론 두 사람 또한 세상의 무대로 올라가 직접 연기를 펼쳐 보일 수도 있다.

두 사람은 황도대에서 180°를 이루며 마주보고 있는데, 이럴 때 전통 점성학에서는 큰 시련이 닥칠 것이라고 예견한다. 그러나 누 사

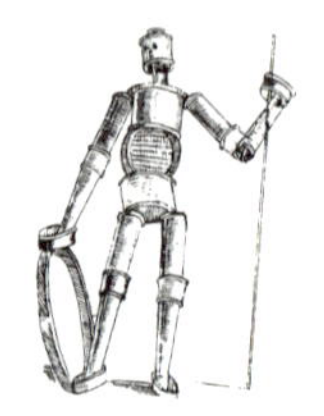

어디까지가 연기이고,
어디까지가 진실인가? 자신에 대해 좀더
객관적일 필요가 있다. 객관성과 이해심을 가지기 위해
노력하라. 고립되지 않도록 조심하라.

람이 빚는 갈등은 기운을 북돋아주는 역할을 하기도 한다. 두 사람은 자신들의 싸움을 그렇게 심각하게 생각하지 않는데, 만약 관계를 오래 지속시키고자 한다면 그렇게 생각하는 것이 현명한 처사다. 또한 각기 서로 다른 영역에서 활동하기로 결정하는 것도 아주 분별력 있는 처신이다. 둘 다 남의 밑에서 일할 사람들이 아니기 때문이다.

사랑은 최초의 만남 그 이상으로 발전하는 경우가 별로 없다. 게자리Ⅲ 당신은 무서운 게 없는 염소자리Ⅱ에게서 위협을 느끼며, 염소자리Ⅱ는 당신이 그의 성격을 꿰뚫어보는 바람에 좌불안석이다. 결혼 역시 별다른 보람이 없어, 그 결과가 비생산적인 정도가 아니라 파괴적일 가능성이 높다.

강점 · **다양하다, 드라마틱하다, 다채롭다**
약점 · **갈등한다, 과보호한다, 잘 속인다**
행복한 만남 · **부모자식**
힘겨운 만남 · **결혼**

한편 부모자식 관계에서라면, 둘은 아주 좋은 편이다. 어느 쪽이 부모이고 어느 쪽이 자식이든 간에, 둘 사이에는 부모다운 보살핌과 자식다운 존경심이 오간다. 만약 편부모이고 자식도 하나여서 둘이서만 생활한다 하더라도, 각자 다양한 역할을 해내기 때문에 다른 사람의 도움은 필요 없을 것이다. 다만 한 가지 문제가 있다면 과보호와 지나친 집착인데, 이것이 아이가 어렸을 때는 별 문제를 일으키지 않지만 어른이 되면 두 사람 모두에게 큰 고통이 될 수 있다.

두 사람은 한 회사에서 함께 일할 가능성이 높은데, 이때는 동등한 위치인 것이 좋다. 한쪽이 더 높은 직위를 차지하자 마자 짜증나는 권력 다툼이 시작되기 때문이다. 물론 이 경우에도 해결이 불가능할 정도는 아니다.

둘의 우정은 화려하고 흥미진진하며 즐거움으로 가득 차 있다. 둘에게는 또한 서로를 약간 깔보고 조롱하는 경향도 있다. 두 사람에게는 가볍고 그다지 위협적이지 않은 농담을 통해 은근히 적대감을 표현하는 재주가 있다.

루이제 라이너 (1912년 1월 12일)
Luise Rainer

클리포드 오데츠 (1906년 7월 18일)
Clifford Odets

극작가이자 시나리오작가인 클리포드 오데츠는 1931년 데뷔작 〈레프티를 기다리며 Waiting for Lefty〉를 연극 무대에 올려 유명해졌다. 할리우드로 무대를 옮긴 그는 아카데미상을 수상한 재능 있는 여배우 루이제 라이너를 만나 1937년에 결혼했다. 그런데 결혼 후 그녀의 연기생활은 갑자기 어긋나기 시작했고, 사람들은 오데츠가 그녀를 잘못된 길로 이끌고 있다고 비난했다. 둘은 1940년에 이혼했다.

혼돈 속의 객관성

Objectivity in Chaos

이 관계는 몹시 불안정하다. 따라서 관계가 지속되기 위해서는 무엇보다 상당한 객관성이 요구된다. 그래야 곤경에 처했을 때 무엇이 필요한지 정확히 결정할 수 있기 때문이다. 만약 둘의 관계가 정상 궤도를 이탈한다면, 엄청난 의지가 있지 않는 한 바로잡기가 힘들 것이다. 두 사람의 관계는 감정의 양극단을 빈폭하게 오가므로, 어

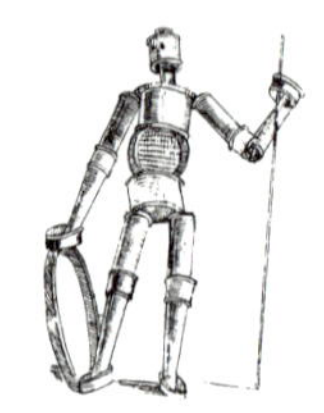

뒤로 한 발짝 물러나 관찰하라.
실수했을 때는 그 원인을 분석하라.
성숙하게 행동하라. 감정의 기복을 없애라.
기분에 좌우되지 마라.

떤 식으로든 안정된 생활이란 게 애초부터 불가능하다.

게자리Ⅲ 당신은 원래 비평을 많이 하는 편인데, 그것이 건설적인 것이 아니라면 상황을 더욱 악화시켜 아예 관계를 종말로 이끌게 된다. 그런데 염소-물병자리는 잔소리나 불평뿐 아니라, 건설적인 제안에 대해서도 거부 반응을 보일 것이다. 자신에게 가해지는 모든 구속에 대해 일단 화부터 내고 보는 스타일인 것이다. 이 점에서는 오히려 당신이 훨씬 참을성 있고 성숙하다. 실패를 인정하기 전까지, 당신은 관계의 안정을 위해 끈덕지고 단호하게 염소-물병자리를 설득하며 최선을 다한다.

사실 둘의 사랑과 결혼은 예측 불가능하다. 당신에게는 염소-물

192

병자리처럼 남에게 주목받고자 하는 욕구가 별로 없다. 성가시고 혼란스런 상황에 연루되기보다는 그냥 혼자 있는 걸 좋아하는데, 그러므로 사실 당신에게는 사랑이나 결혼 자체가 머릿속에 별로 담겨 있지 않은 일이다. 혹시나 연애를 하거나 결혼을 한다 해도, 당신은 주기적으로 혼란스럽게 느껴질 수도 있는 이런 상태에서 빠져나와 혼자 있고 싶어할 것이다. 이러한 전략적인 은둔은 당신을 더욱 객관적으로 만든다. 현명한 염소-물병자리라면 당신의 이런 점을 보고 배우는 바가 있을 것이다.

　두 사람의 우정은 어느 정도 한계를 긋고 감정상의 거리를 유지할 때가 가장 좋다. 둘의 관계는 상황을 가볍게 받아들일 때 최상의 컨

디션을 유지한다. 엄숙하고 긴장된 관계보다는 함께 즐거움을 나누는 관계일 때가 훨씬 좋다는 말이다.

당신이 상사나 부모라면 염소-물병자리 직원이나 아이의 충동적이고 거친 행동을 호되게 비판할 것이다. 어쨌든 직장에서든 가정에서든, 객관성을 유지하려는 시도는 그다지 성공적이지 못한 편이다. 왜냐하면 염소-물병자리의 반항심과 기이한 행동이 당신의 권력욕과 만나면 폭발 위험이 높은 한 쌍이 되기 때문이다.

데시 아나즈 Jr. (1953년 1월 19일)
Desi Arnaz, Jr.

루시 아나즈 (1951년 7월 17일)
Lucie Arnaz

루시와 데시 주니어는 남매간으로, 루실 볼과 데시 아나즈 사이에서 태어났다. 루시가 태어났을 때는 조용했지만, 동생인 데시가 태어났을 때는 대중의 관심이 집중됐다. 그의 사진이 《TV 가이드》 지 창간호 표지를 장식했을 정도다. 둘 다 커서 연기자가 되었다.

틈새시장

A Hole in the Market

　이 관계는 두 사람이 만나 더욱 막강한 제3의 존재를 이루는 전형적인 예다. 게자리III은 '물'이고 물병자리I은 '공기'이지만 관계 자체는 '불'과 '흙'의 지배를 받는데, 그것이 의미하는 바는 열정과 헌신이다. 따라서 일단 목표를 세우면 두 사람을 가로막을 수 있는 건 아무것도 없다. 특히 사업에 있어 동물적인 감각을 지닌 두 사람은

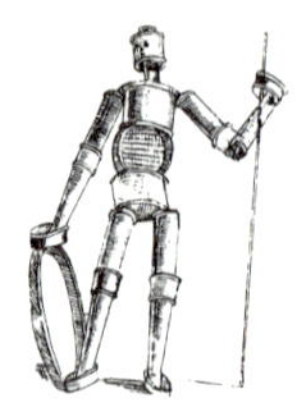

권력의 문제를 먼저 해결하라.
이데올로기 문제는 타협하라.
항상 사실을 철저히 살펴라. 올바른 방향으로
　　　나아가고 있다고 함부로 단정하지 마라.

시장의 틈새를 파악하고, 그것을 이용하는 데 있어 상당히 민첩하다. 또 사업에서는 물론 다른 분야에서도 직관력이 뛰어나다. 그래서 두 사람은 자신의 육감을 따르며, 필요한 정보가 있을 때에는 반드시 구해낸다. 그리고 이런 재능은 특히 위기에 처했을 때 더욱 진가를 발휘한다.

두 사람은 사랑을 할 때 아주 격렬하며 전면적인 관계를 요구한다. 두 사람 다 언제 상대방의 감정이 뒷걸음질치는지 잘 알기 때문에, 억지로 반응을 꾸며대는 것은 별로 좋은 방법이 아니다. 둘의 관계는 솔직함을 아주 중요하게 여긴다. 만약 한쪽이 누군가와 몰래 사귀기 시작했다면, 나머지 한쪽은 다른 사람이 아닌 본인의 입을

통해 직접 자초지종을 듣고 싶어할 것이다.

결혼은 대개 성공적인데, 단 힘겨루기를 할 생각은 아예 하지 말아야 한다. 주로 게자리Ⅲ 당신이 지배권을 행사할 텐데, 문제는 물병자리I이 이러한 상황에 도전장을 던질 수도 있다는 사실이다. 어쨌든 권력의 문제가 일단락되고 나면, 둘은 소속 집단이나 가족 내에서 리더의 위치에 오를 것이다.

두 사람의 우정은 지극히 창조적이며, 서로 가진 것을 아주 작은 것이라도 함께 나눈다. 또한 즉흥성도 뛰어나다. 형제나 부모자식 관계로서의 두 사람은 가정생활의 기본 방향에 대해 자주 의견이 엇갈릴 것이다. 특히 교육, 주택, 종교나 이데올로기 문제에 있어 그렇다. 그러나 함께 일을 한다면 훌륭한 팀을 이룬다. 당신에게는 기술력과 빈틈없는 조직력이 있으며, 물병자리I에게는 분쟁을 조정하고 문제를 해결하는 민첩한 지성이 있기 때문이다. 문제는 물병자리I이 버는 것보다 더 많이 쓰며, 그래서 자주 신용카드의 사용한도를 넘겨버린다는 점일 것이다. 이 점에 대해 당신은 감시를 게을리하지 말아야 한다.

린다 론스태트 (1946년 7월 15일)
Linda Ronstadt

아론 네빌 (1941년 1월 24일)
Aaron Neville

가수 린다 론스태트와 아론 네빌은 각자 1970년대와 80년대를 풍미하던 스타이다. 이들은 1989년 팀을 결성하고 음반 'Don't Know Much'를 발표했는데, 여기서 두 사람의 인기는 한 단계 도약하게 된다. 이 앨범은 음반판매 순위 1위까지 기록했다. 네빌의 섬세한 가성과 론스태트의 힘 있는 창법이 결합된 이 팀은 1990년대에 수많은 히트 곡을 내게 된다.

정직을 위한 투쟁

A Fight for Honesty

이 관계에는 강렬함이 숨겨져 있다. 이 강렬함은 아무 예고도 없이 닥치는 해일처럼 어느 날 갑자기 터져나와 눈에 보이는 모든 것을 삼켜버린다. 그러니까 둘의 관계는 겉보기에는 평화로운 듯 보이지만, 내면 깊숙한 곳에는 분노와 좌절이 가득하다는 말이다.

무엇보다 이 관계에서는 게자리III 당신이 지나치게 득세히는 게

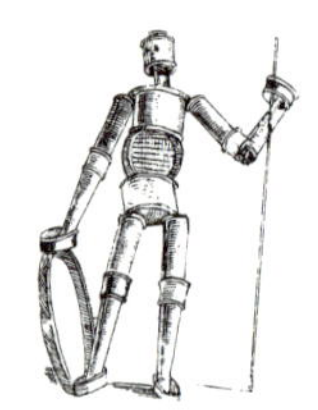

좀더 깊은 관계를 맺어라. 자신을
속이지 마라. 당신은 너무 많은 것을 못본 척하고 있다.
자신이 축구공처럼 이리 저리 차이는 것을
왜 그냥 내버려두는가? 자기 자신을 존중하라.

문제다. 이 때문에 물병자리Ⅱ는 덫에 걸렸다고 생각하여 도망치고 싶어하는데, 실제로 그렇게 결행하기도 한다. 그러나 이러한 탈출은 당신의 의심을 받지 않도록 하며 은밀하게 이루어진다. 물론 그게 가능한 이유 중 하나는 당신이 벌어지는 일에 대해 자신의 눈을 가리고 있기 때문이다. 어쨌든 일단 당신이 이 사실을 알게 되면 그 고통과 분노는 화산 폭발과 같을 것이다. 매력적인 만큼 오해도 많이 불러일으키는 겉모습을 지닌 두 사람의 관계는, 그렇기 때문에 더욱 정직함을 필요로 한다.

우정, 사랑, 결혼 또한 겉보기에는 아주 좋아 보이지만 사실은 긴장감이 맴돌고 있는데, 정작 본인들은 이런 긴장감을 무시하거나 잘

강점 · **후원한다, 편안하다, 조화롭다**
약점 · **괴로워한다, 뭘 잘 모른다, 부정직하다**
행복한 만남 · **우정**
힘겨운 만남 · **결혼**

깨닫지 못하고 있다. 억눌렸던 감정이나 문제를 먼저 터트리는 쪽은 오히려 두 사람의 자녀라든지 친구라든지 하는 주변 사람들이다. 사실 이것은 둘의 관계가 뭔가 잘못되어 가고 있다는 첫번째 경고다. 정신을 차리고 괴로워하는 가족이나 친구를 도우려 할 때에야 둘은 자신들에게 아무 힘도 없다는 걸 깨닫게 된다. 진짜 치유가 필요한 사람은 바로 두 사람 자신이기 때문이다.

물병자리Ⅱ는 이중 기준을 가진 사람이다. 당신은 이 점을 큰 불만 없이 받아들이는데, 여기엔 두 가지 가능성이 있다. 하나는 너무 자신만만해서 그런 부당한 일에도 아무런 위협을 느끼지 않기 때문일 수도 있고, 또 하나는 겉으로만 허세를 부리고 있을 뿐 사실은 그

속에 자기비하의 감정이 숨기고 있기 때문일 수도 있다. 어쨌든 둘 사이의 우정이 튼튼하게 유지되기 위해서는 공평함을 요구할 수 있을 만큼 솔직해져야 하며, 대화를 많이 해야 하고, 상황을 당연하게만 받아들이지 말아야 한다. 일이나 가족 관계에서 역시 관건은 정직함이다. 물론 두 사람이 완전히 정직해지기 위해서는 많은 노력이 필요하다.

제임스 캐그니 (1899년 7월 17일)
James Cagney

로널드 레이건 (1911년 2월 6일)
Ronald Reagan

제임스 캐그니와 로널드 레이건은 〈소년, 소녀를 만나다Boy Meets Girl〉(1938)에 함께 출연하면서 친구가 되었다. 정치적으로 보수주의자였던 이들은 1989년 캐그니가 사망할 때까지 친하게 지냈다. 레이건은 그의 장례식에서 추도사를 했다.

미칠 듯한 불안감

Maddening Instability

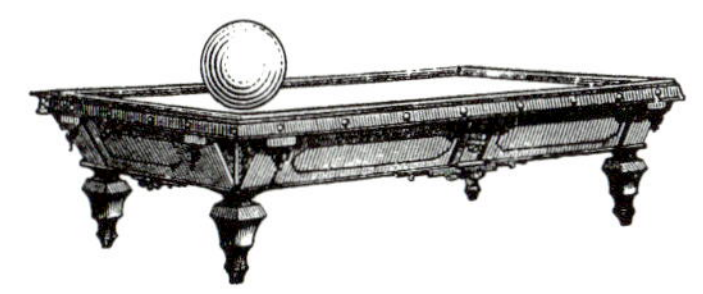

이 관계는 그 활동이 견실하며 현실에 뿌리내려 있을 때 가장 편안한 상태가 된다. 이때 가장 중요한 것은 서로에 대한 신뢰다. 물론 신뢰가 존재할 때도 있고 아닐 때도 있는데, 만일 서로간에 신뢰가 형성되지 못한다면 내재되어 있던 불안함이 둘의 관계를 쑥대밭으로 만들어버릴 것이다.

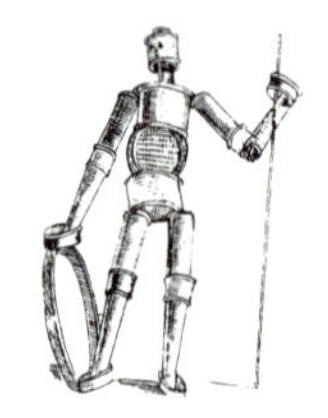

놀 때든 일할 때든 굳게 결속하라.
감정의 일관성을 유지하기 위해 노력하라.
단단한 신뢰를 구축하라.
항상 빠져나갈 여지를 남겨둬라.

사실 두 사람의 인생관은 완전히 딴판이다. 두 별자리는 황도대에서 150°를 이루고 있는데, 이럴 때 전통 점성학에서는 관계의 기복이 심할 것이라고 예측한다. 실제로도 불안정한 감정이 만연하여 두 사람을 혼란스럽게 만든다. 어떤 상황에서 상대방이 어떻게 반응할지 전혀 예측할 수 없다는 건 정말 미칠 노릇이다. 하지만 흥미롭게도, 어느 한쪽을 완전히 한계까지 내몰지 않는 한 노골적인 갈등이 생겨나는 경우는 별로 없다. 따라서 만일 갈등이 본격화된다면 그 강도는 엄청날 것이다.

둘의 사랑은 극히 로맨틱하고 육감적이어서 온갖 종류의 유혹과 기교가 동원된다. 두 사람은 특히 밀고 당기기에 능숙하다. 두 사람

이 번갈아가며 서로에게 이끌리는가 하면, 바로 다음 순간 서로를 멀리한다. 하지만 속으로는 상대방을 잃을까봐 두려움에 떨고 있다. 그만큼 서로에게 홀딱 빠져 있는 것이다. 그러므로 극단적인 상황을 피하기 위해서는 둘의 욕망에 항상 도피처를 따로 준비해 두는 것이 좋다. 결혼은 비틀거리던 연애를 단단하게 만들지만, 그렇다고 문제가 다 완치되는 것은 아니다. 그러나 둘 사이에 아이가 생긴다면, 이젠 그 아이가 두 사람을 단단하게 결합시키는 콘크리트 역할을 할 것이다.

두 사람이 우정을 나눌 때에는 너무 많은 의무를 짊어지지 않는게 좋다. 그리고 의무를 짊어지지 않는 만큼 지나친 기대 또한 금물이다. 자유롭고 편안한 우정이 가장 좋다는 말이다. 가정이나 직장에서 물병자리Ⅲ은 당신이 갖은 말로 설득을 하면 금방 넘어가곤 한다. 하지만 이렇게 물병자리Ⅲ을 들볶는 것도 정도껏 해야 하며, 그 한계를 넘어서면 그도 화를 낸다는 것을 당신은 알아야 한다. 이러한 독특한 긴장 상태는 두 사람 사이에서 쉽게 사라지지 않는다. 그것은 알레르기처럼 늘 두 사람 관계의 주변을 맴도는데, 특히 부모 자식, 상사와 직원 관계일 때 더 그렇다.

율 브리너 (1915년 7월 11일)
Yul Brynner

클레어 블룸 (1931년 2월 15일)
Claire Bloom

두 사람은 영화 〈해적The Buccaneer〉(1958)과 〈카라마조프가의 형제들The Brothers Karamazov〉(1958)에 함께 출연하면서 사랑에 빠졌다. 둘은 한때 파리의 세실 B. 데빌의 집에서 밀회를 즐기기도 했다. 사랑이 끝났을 때 클레어 블룸은 "율 브리너를 너무나 아끼며 존경한다"고 말했다.

우여곡절

Twists and Turns

이 관계의 내면은 아주 감성적이다. 두 사람은 인생의 미로 같은 우여곡절들을 함께 탐험하는 데 몰두한다. 두 사람의 관계는 특별히 복잡한 편인데, 그럼에도 정작 본인들은 타인의 문제, 특히 심리적인 문제에 관심을 많이 기울인다. 그리고 실제로 문제를 해결해 주기도 한다.

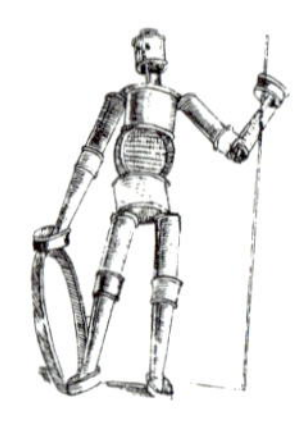

조언 한마디

상황을 좀더 가볍게 받아들여라.
지나친 보호는 오히려 좋지 않다.
당신 생각처럼 비밀이 그렇게 꼭 필요한 것은 아니다.
곤경에 처했을 때는 타인의 도움에 기댈 줄도 알아야 한다.

게자리Ⅲ 당신은 물병-물고기자리로부터 신뢰를 얻어내고, 그 신뢰를 오랫동안 유지할 수 있는 몇 안 되는 사람 중 하나다. 물병-물고기자리의 성격을 고려해 볼 때 이건 정말 쉽지 않은 일이다.

두 사람은 연애나 결혼 문제를 무척 진지하게 받아들인다. 둘은 관계에서 사랑과 애정이 얼마나 중요한지 잘 알고 있기 때문에 둘의 관계를 소중히 여기며 떠받든다. 따라서 만약 문제가 발생한다면, 그것은 아마도 두 사람이 지나치게 섬세해서 생긴 일일 것이다. 둘은 말썽을 불러올 만한 화제나 행동을 피하기 위해 마치 살얼음 위를 걷듯 행동한다. 둘은 서로에 대해, 이 관계 자체에 대해 과보호하는 태도를 갖고 있다. 따라서 맞대결이나 거친 경험은 아예 피하려

할 것이다. 사실 이런 경험들이 오히려 관계를 영적으로 정신적으로 성장시키는데 말이다. 두 사람이 흥미로운 몇몇 영역에만 안주하지 않고 둘의 관계 전반에 대한 탐사를 시작한다면, 두 사람이 발전하는 데 큰 도움이 될 것이다.

친구로서 두 사람은 미스터리나 공포 소설, 오싹한 스릴러 영화처럼 상상력을 자극하는 예술이나 대중문화에 흥미를 느끼게 된다. 이때 두 사람은 기이한 특성을 갖고 있어, 서로의 호기심을 자극하는 데 때론 강박적일 정도다. 하지만 이건 둘만의 비밀이며, 이런 취미를 타인에게 공개하는 일은 없다.

직업인으로서 두 사람은 프리랜서로 일하거나, 서비스 업종에 종사할 때 최고의 능력을 발휘할 수 있다. 둘에게는 사람에 대한 호기심과 남을 돕고자 하는 욕망이 있기 때문이다. 또 부모자식, 조부모와 손자 관계일 때에도 이렇게 상대방을 세심하게 보살펴주는데, 덕분에 어려운 시기도 거뜬히 견뎌낼 수 있게 된다.

제임스 브롤린 (1940년 7월 18일)
James Brolin

로버트 영 (1907년 2월 22일)
Robert Young

제임스 브롤린과 로버트 영은 미국의 TV연속극 〈닥터 마커스웰비Marcus Welby, M.D.〉(1969~79)에서 나란히 주연을 맡았다. 영은 이 드라마에서 친절하고 아버지 같은 가정의로 출연했으며, 브롤린은 세대차이가 많이 나는 동료로 등장한다. 두 사람은 실제로도 아주 친했으며, 드라마에서는 신뢰할 만한 의사의 상을 보여주었다.

함께 나눌 메시지

A Message to Share

　이 관계는 주로 의사전달에 관심이 많다. 이때의 의견은 돈과 관련된 것일 수도 있고, 사회적이거나 정신적인 것일 수도 있으며, 단순히 오락적인 것일 수도 있다. 그리고 관심의 조명은 둘의 관계 자체에 비춰질 수도 있고, 이 관계가 말하고자 하는 바에 비춰질 수도 있다.

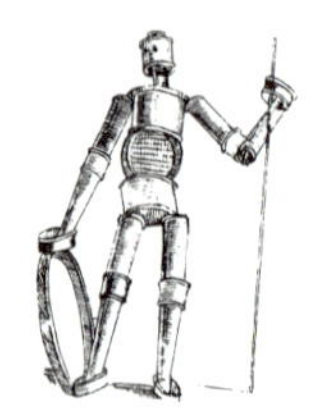

조언 한마디 | 타인에게 미치는 자신의 영향력에 대해 알 필요가 있다. 영적인 면을 좀더 충분히 계발하라. 융통성과 타협이 중요하다. 좀더 관대해져라.

게자리Ⅲ과 물고기자리I은 둘 다 '물'의 별자리인데, 둘의 관계 자체는 '흙'의 지배를 받는다. 이것은 철저하게 실용적인 감각을 의미한다. 원래 물고기자리I은 그리 세속적인 사람이 아닌데, 당신과 만나게 되면서 세상이 경제, 정치, 사회적으로 어떻게 돌아가는지에 대해 많이 배우게 된다. 물고기자리I은 돈 그 자체에는 별 관심이 없으며, 오히려 돈으로 무엇을 해야 삶의 질을 향상시킬 수 있는지에 관심이 많다.

두 사람 사이의 사랑은 아주 관능적이지만 동시에 예민하며 이해심도 깊다. 서로를 알기 위해서는 시간이 필요한데, 두 사람은 조용히 함께 시간을 보내면서 새로운 차원의 평화와 만족감을 경험하게

된다. 그런데 이 관계는 또한 난폭하고 사회적 관습을 깨는 면이 있는데, 보여주기 위해 일부러 더 과장하기도 한다. 이때 유머, 특히 반어적이고 풍자적인 유머가 중요한 역할을 한다. 또 둘의 결혼은 그리 추천할 바가 못 된다. 굳이 하고 싶다면 서로의 요구에 적응하기 위해 많은 걸 희생할 각오를 해야 하며, 기꺼이 융통성을 발휘하고 타협해야 할 것이다.

두 사람은 학창시절에 만나 나이가 들어서까지 친구 관계를 지속한다. 둘은 배우고자 하는 갈망보다는 사회적으로 성숙하고 발전하고자 하는 갈망이 더 강하다. 때문에 학생의 위치에서 선생님의 위치로 옮아가는 것은 두 사람에게 아주 민족스러운 경험이 될 것이다. 그리고 그것이 두 사람이 친구 관계로서 나아갈 수 있는 가장 건설적인 방향이다.

가족 관계, 특히 동성의 형제일 때는 서로 친하게 잘 지내며 이해하는 면도 많다. 하지만 두 사람 모두 아주 예민하므로 자주 감정적으로 충돌하게 된다. 일로 만났을 때는, 동료로서 일을 떠나 개인적으로 서로를 이해하려 노력하며 사적인 관계를 병행해 간다면 더욱 원활한 관계를 유지할 수 있을 것이다.

스티븐 잡스 (1955년 2월 24일)
Steven Jobs

스티브 워즈니악 (1951년 7월 11일)
Steve Woznak

전자공학자였던 스티브 워즈니악과 컴퓨터 사업가인 스티븐 잡스는 1970년대 후반 사용자 중심의 PC를 만들었다. 이 PC는 애플 컴퓨터사의 초석이 되었으며, 1980년대에 이들은 혁신적이고 거대한 퍼스널 컴퓨터 산업의 주역이 되었다.

독립적으로 의존하다

Independently Dependent

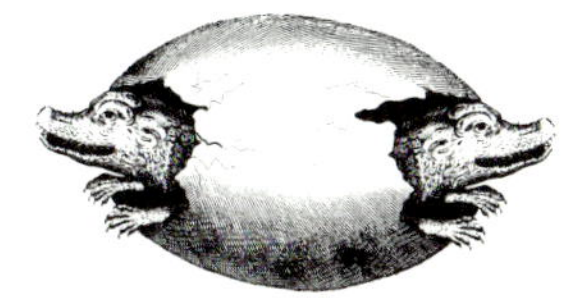

두 사람의 관계는 아주 심오하다. 너무 깊은 곳까지 측량하다 보니 두 사람의 교류는 잠재의식 차원과 영적인 차원에서 이루어질 정도다. 이렇게 하여 대부분의 일들이 말이 없는 가운데 벌어지므로, 전반적인 분위기는 오히려 편안하다. 두 사람 다 혼자 있는 시간이 많은데, 그럼에도 불구하고 서로를 깊이 이해하며 쉽게 마음을 연

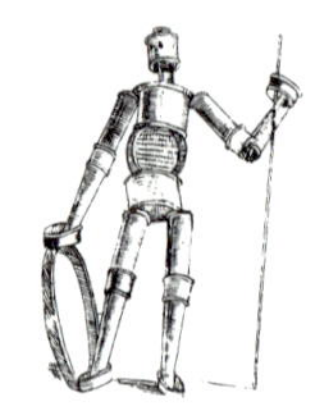

많은 사람들과 우정을 나눠라.
사회활동의 범위를 넓혀라.
신뢰에 보답하라. 객관성을 유지하라.
감정이 당신의 인생을 지배하도록 놔두지 마라.

다. 두 사람은 서로에게 의존하는 경향이 있으면서도 그 방식에 있어서는 오히려 독립적이다.

사랑을 할 때 두 사람은 자신의 감정을 숨기지 않는다. 성적인 것이든 아니든, 둘의 감정 교류는 오래 지속되며 만족스러운 편이다. 오랜 시간이 흘러도 서로에 대한 충실함은 변함이 없지만, 더불어 의존적인 성향까지도 변하지 않는다. 물론 이런 의존적인 성향은 유익할 수도 있고 부정적인 영향을 끼칠 수도 있다. 둘의 관계는 강요받지 않고 자발적으로 상대방에게 헌신할 때 잘 굴러갈 수 있기 때문이다. 또한 같이 살더라도 혼자만의 공간이 있어야 한다. 섹스나 사랑에 노골적으로 탐닉하는 일은 없음에도 두 사람은 너무나 강하

강점 · **공감한다, 헌신한다, 느긋하다**
약점 · **지나치게 의존한다, 과보호한다, 고립됐다**
행복한 만남 · **우정**
힘겨운 만남 · **가족**

게 서로에게 묶여 있어서, 심지어는 이별 후 다른 사람을 만나 깊은 관계를 만들기가 힘들 정도다. 따라서 연애나 결혼을 하더라도, 두 사람은 좀더 개방적인 관계를 유지할 필요가 있다. 즉 둘만의 관계에 얽매이지 말고 여러 사람과 우정을 나누는 것이 좋다는 말이다.

둘 사이의 우정은 매우 좋다. 친구 관계일 때는 혼자 있고 싶어하는 경향이 그리 강하지 않다. 이 경우 게자리Ⅲ 당신은 물고기자리Ⅱ 친구가 세상 밖으로 나와 사회적으로 직업적으로 성공할 수 있도록 부추긴다. 한편 물고기자리Ⅱ는 당신이 특히 직업상의 의무를 옆에 제쳐놓고는 맥 놓고 앉아 있는 바로 그 순간, 당신이 필요로 하는 공감과 이해심을 보여줄 것이다.

부모자식, 형제 관계에서는 서로를 공감하며 인정해 주는 사이가 된다. 두 사람 다 서로의 의견을 소중하게 받아들이며 신뢰한다. 하지만 그 신뢰를 남용하면 큰 고통을 자초할 수도 있으므로 조심해야 할 것이다. 함께 일을 한다면 정신적으로 편안하며 경제적으로도 성공을 거둘 수 있다.

예브게니 예브투센코 (1933년 7월 18일)
Yevgeny Yevtushenko

이리나 라투신스카야 (1954년 3월 4일)
Irina Ratushinskaya

예브게니 예브투센코와 이리나 라투신스카야는 20세기 러시아의 대표 시인이다. 예브투센코의 시는 사회적, 종교적 불평등에 저항하는 내용이다. 그는 1960년대 몇 차례에 걸쳐 미국 여행을 감행함으로써 소련당국의 따가운 눈총을 받았다. 라투신스카야는 KGB에 의해 감옥에 갇혔으며(1983~86) 감금 상태에서 머리 속으로 수백 편의 시를 썼다. 그녀의 머리 속에 간직되었던 시는 1988년에 출간되었고 여러 문학상을 휩쓸었다.

타고난 중재자

Natural Peacemakers

　　이 관계는 내적으로는 꽤 복잡하다. 하지만 한편으로는 1,176개의 관계유형 중에서 가장 자연스럽고 편안한 축에 속한다. 두 사람은 여러 가지 면에서 스펙트럼의 양쪽 끝처럼 정반대이다. 게자리Ⅲ 당신은 현실적인 타입으로 세상이나 권력의 구조에 대해 관심이 많다. 반대로 물고기자리Ⅲ은 일생 동안 자신의 꿈만 쫓는 비현실적인

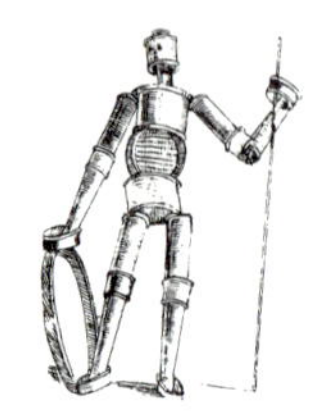

조언 한마디

베풀지만 말고 자신을 먼저 돌봐라.
좀더 강한 자아를 확립하라.
다른 사람에게도 당신을 도울 기회를 줘라.
개인적인 일을 할 수 있는 자유시간을 확보하라.

타입이다. 하지만 이 두 별자리는 황도대에서 120°를 이루므로, 전통 점성학에서는 편안한 관계일 것으로 예견한다. 또 둘 다 '물'이므로 감정을 강조할 것이라고 본다. 실제로 둘 사이에는 생래적인 공감대가 형성되어 있다. 덕분에 극단적인 차이를 극복하고 관용과 신뢰를 구축하며, 공통점을 찾아낼 수 있다. 물론 일시적인 갈등이 있을지 모르지만 곧 수그러들 것이다.

두 사람의 관계는 특히 사교 분야에서 강력한 힘을 발휘한다. 우정이나 결혼의 영역에서 두 사람은 주위의 친구나 가족들을 하나로 화합하게 만드는 능력이 있다. 서로 반목하는 사람이나 파벌을 중재하는 솜씨가 뛰어나다. 말하자면 타고난 중재자인 것이다. 당신은

아주 현실적인 사람이어서 물고기자리Ⅲ의 철학적 세계관의 진실성을 곧바로 알아본다. 그리고 그런 세계관을 실천하기 위해 열심히 노력한다. 사람들이 보기에 두 사람은 신념으로 결합되어 있다. 이때의 신념은 사상에 대한 신념일 뿐만 아니라, 관계 자체에 대한 신념이기도 하다. 그리고 또 이런 신념이 있기에 두 사람은 타인을 배려하는 데 있어 특출하다.

어떤 경우에는 오히려 봉사정신이 강한 것이 문제가 될 수도 있다. 그러므로 회사에서든, 가정에서든, 대인 관계에서든 두 사람은 자신을 위한 시간을 따로 낼 수 있어야 한다. 그만큼 자기 혹사를 하며 타인을 위해 모든 것을 희생해야 한다고 스스로를 재찍질할 가능성이 높기 때문이다. 정작 둘은 자신들의 관계는 무시해 버리며 감정적이고 정신적인 성장을 위해 필요한 일정량의 자양분마저 거부해 버리기도 한다. 그러나 때로는 이기적이 될 필요가 있다. 서로 결속을 다지기 위해서는 시간이 필요하며, 그 시간을 내기 위해 다른 사람의 요구를 무시할 줄도 알아야 한다.

F.W. 드 클러크 (1936년 3월 18일)
F.W. de Klerk

넬슨 만델라 (1918년 7월 18일)
Nelson Mandela

F.W. 드 클러크는 1989년 남아프리카공화국의 대통령이 되었다. 1991년 그는 만델라를 감옥에서 석방시켰다. 이들은 함께 힘을 합쳐 남아공의 아파르트헤이트(인종분리정책)를 폐지시키고 흑인의 투표권을 얻어냈다. 그리고 그 공로로 1993년 노벨 평화상을 공동수상했다.

최고의 만남 Best Relationships

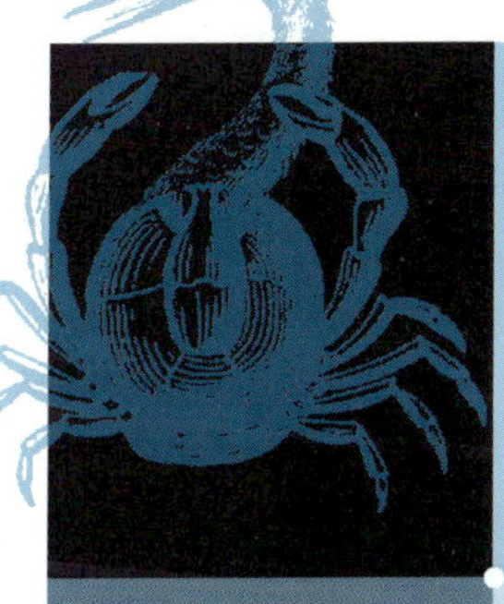

우정을 위한 최고의 만남

황소자리 Ⅲ
쌍둥이자리 Ⅰ
게자리 Ⅰ
사자자리 Ⅰ
사자자리 Ⅲ
사자-처녀자리
처녀자리 Ⅱ
천칭자리 Ⅱ
천칭-전갈자리
전갈자리 Ⅲ
사수자리 Ⅰ
사수자리 Ⅲ
물병자리 Ⅱ
물고기자리 Ⅰ
물고기자리 Ⅱ

결혼을 위한 최고의 만남

양-황소자리
황소자리 Ⅰ
게자리 Ⅱ
처녀자리 Ⅰ
처녀-천칭자리
전갈자리 Ⅰ
사수-염소자리
염소자리 Ⅱ

일을 위한 최고의 만남

양자리 Ⅰ
황소자리 Ⅱ
쌍둥이자리 Ⅱ
게자리 Ⅲ
게-사자자리
사자자리 Ⅱ
처녀자리 Ⅲ
천칭자리 Ⅲ
전갈-사수자리
물고기자리 Ⅲ

좋은 가족을 위한 최고의 만남

황소-쌍둥이자리
쌍둥이-게자리
물병-물고기자리

사랑을 위한 최고의 만남

양자리 Ⅲ
쌍둥이자리 Ⅲ
사수자리 Ⅱ
물병자리 Ⅲ

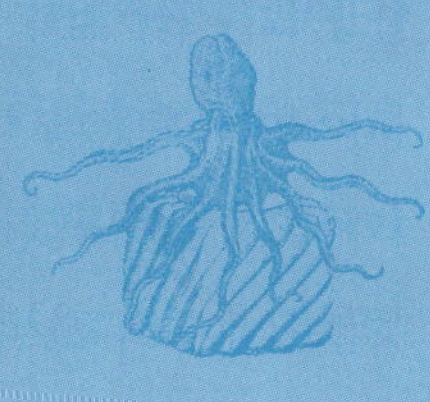

세 가지 원의 비밀

여기에서는 48개의 별자리가 어떻게 나왔는지 그 배경 이론을 설명하려고 합니다. 먼저 당신은 세 가지 원을 만나게 될 것입니다. 그 세 가지 원은 결국 하나의 원이며, 거기에는 우주와 인간에 대한 진리가 담겨 있습니다. 당신은 사람이 태어나고 죽는 것의 의미를 알게 되고, 48개의 별자리를 보는 안목을 갖게 될 것입니다.

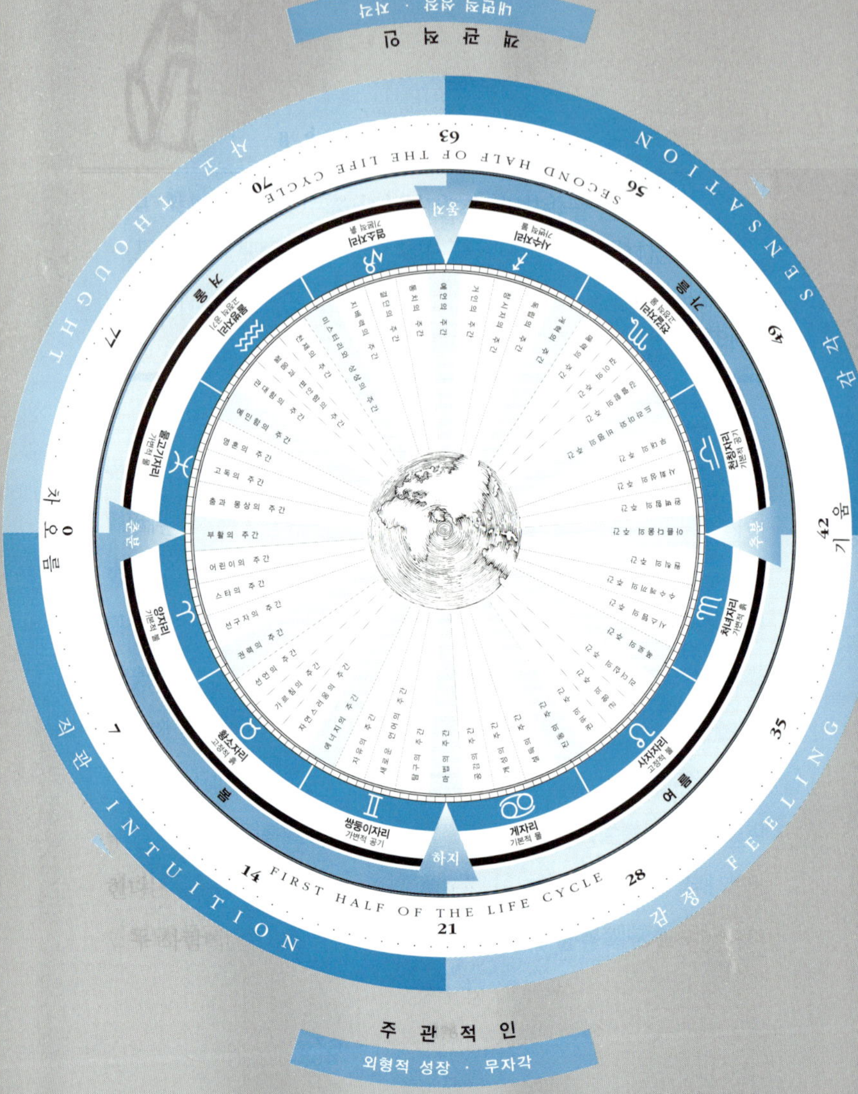

객관적인
내면적 성장 · 자각
SENSATION 감각
FEELING 감정
INTUITION 직관
THOUGHT 사고
SECOND HALF OF THE LIFE CYCLE
FIRST HALF OF THE LIFE CYCLE
0 차오름
7
14
21
28
35
42 기울음
49
56
63
70
77
봄
여름
가을
겨울
춘분
하지
추분
동지
양자리 기본적 불
황소자리 고정적 흙
쌍둥이자리 가변적 공기
게자리 기본적 물
사자자리 고정적 불
처녀자리 가변적 흙
천칭자리 기본적 공기
전갈자리 고정적 물
사수자리 가변적 불
염소자리 기본적 흙
물병자리 고정적 공기
물고기자리 가변적 물
부활의 주간
어린이의 주간
스타의 주간
선구자의 주간
권력의 주간
선언의 주간
가르침의 주간
자연스러움의 주간
에너지의 주간
자유의 주간
새로운 언어의 주간
탐구의 주간
마법의 주간
공감의 주간
개성의 주간
춤과 몽상의 주간
고독의 주간
영혼의 주간
예민함의 주간
관대함의 주간
천재의 주간
미스터리와 상상의 주간
지배력의 주간
결단의 주간
통치의 주간
예언의 주간
거인의 주간
창시자의 주간
개혁의 주간
주관적인
외형적 성장 · 무자각

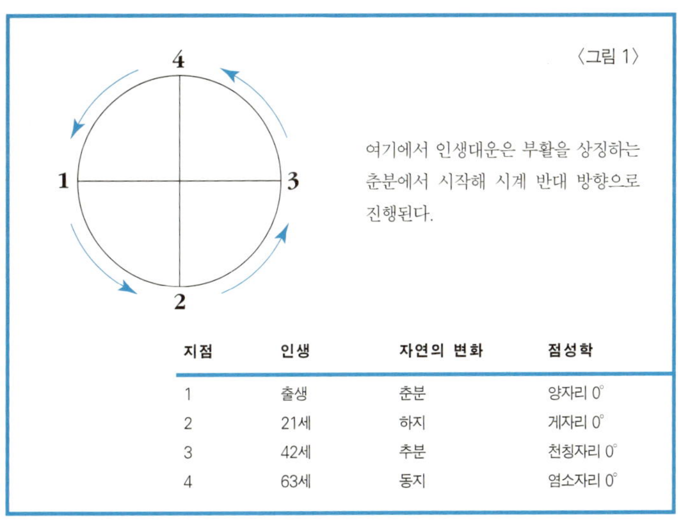

지점	인생	자연의 변화	점성학
1	출생	춘분	양자리 0°
2	21세	하지	게자리 0°
3	42세	추분	천칭자리 0°
4	63세	동지	염소자리 0°

하나의 거대한 원을 상상해 보자. 그 원에서 우리는 세 가지의 이미지를 볼 수 있다. 하나는 인간의 일생, 또 하나는 자연의 순환, 그리고 나머지 하나는 점성학의 황도대이다. 이렇게 세 가지 차원이 존재하는 원을 다시 두 개의 축으로 나눈다. 하나는 수직축이고 하나는 수평축이다. 원을 여행하는 순서는 이렇다. 수평축의 왼쪽에서 시작해서 시계 반대 방향으로 움직여 다시 시작점으로 돌아온다. 여기에서 두 축이 원과 만나 생기는 네 개의 지점은 각각 중요한 의미를 갖는다.

인생대운의 위쪽과 아래쪽은 객관적인 면과 주관적인 면을 의미한다. 이렇게 두 개의 대조적인 면이 서로 보완하고 반영하면서 대응하는 것, 이것이 바로 인생이다.

원의 위쪽과 아래쪽

〈그림 2〉에서 보는 것처럼 수평축은 원을 반으로 나눈다.

원의 아래쪽은 인생의 전반기, 즉 태어나서 42세가 될 때까지를 의미하며 계절로 보면 봄에서 가을까지를 상징한다. 이 기간의 특징은 외형적이며 객관적인 성장이다. 개인에게든 자연에게든 드라마틱한 물질적 성장이 일어나는 시기인 것이다.

그러나 이때 세상을 보는 관점은 아직 주관적이며 무자각의 상태라고 할 수 있다. 실제로 앞쪽의 여섯 개 별자리(양자리, 황소자리, 쌍둥이자리, 게자리, 사자자리, 처녀자리)는 해와 달, 그리고 수성, 금성, 화성(태양계에서 내행성으로 분류되는 세 개 행성)의 지배를 받는다. 이 다섯 개의 천체는 철학적 문제나 범우주적 고민보다는 일상의 감정, 가족이나 남녀간의 사랑 같은 '지금' '여기'의 문제에 더 집중한다. 주된 능력 또한 '직관'이나 '감정'처럼 주관적인 것이다. 그래서 '개인적인' 별자리로 분류하기도 한다.

원의 위쪽 반은 42세에서 84세까지의 인생 후반기를 의미하며, 계절로 보면 가을에서 봄까지의 기간이다. 이때 인간이나 자연은 외형적인 성장은 멈추지만 내면적, 즉 주관적인 성장을 시작하는 시기이다. 그리고 그 결과 세상을 보는 관점은 객관적이 되어 자각의 상태에 이르게 된다.

뒷쪽 여섯 개의 별자리(천칭자리, 전갈자리, 사수자리, 염소자리, 물병자리, 물고기자리) 중 천칭자리만 빼고 나머지는 외행성(목성, 토성, 천왕성, 해왕성, 명왕성)의 지배를 받는다. 이 행성들은 지구 궤도의 바깥에 있으면서 좀더 우주적이고 철학적인 문제에 집중한다. 주된 능력 또한 객관적인 것들(지각과 사고)이다. 일곱번째에서 아홉번째까지의 별자리는 '사회적'인 것으로, 열번째에서 열두번째의 별자리는 '우주적'인 것으로 분류할 수 있다.

원의 왼쪽과 오른쪽

수직축은 원을 왼쪽과 오른쪽으로 나눈다(〈그림 3〉 참조).

천궁도의 왼쪽은(염소자리부터 게자리까지) '차오름'을 의미한다. 겨울과 봄 동안 해는

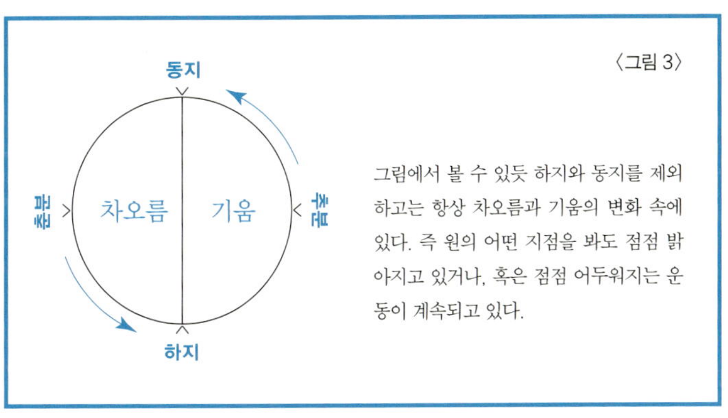

〈그림 3〉

그림에서 볼 수 있듯 하지와 동지를 제외하고는 항상 차오름과 기움의 변화 속에 있다. 즉 원의 어떤 지점을 봐도 점점 밝아지고 있거나, 혹은 점점 어두워지는 운동이 계속되고 있다.

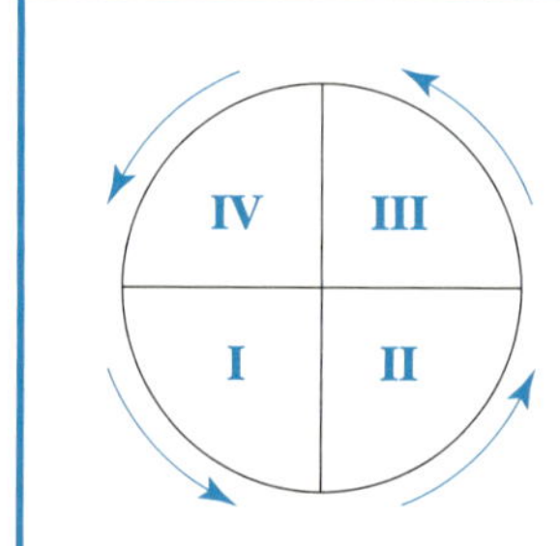

〈그림 4〉

사계절, 인생(천왕성의 공전주기인 84년),
황도대의 열두 개 별자리는 모두 똑같이 네
부분으로 나뉘진다.

사분면	계절	나이	별자리	변화	성장	성향
I	봄	0~21	양, 황소, 쌍둥이,	차오름	객관적	무자각
II	여름	21~42	게 , 사자, 처녀	기움	객관적	무자각
III	가을	42~63	천칭, 전갈, 사수	기움	주관적	자각
IV	겨울	63~84	염소, 물병, 물고기	차오름	주관적	자각

점점 길어지기 때문이다. 반대로 오른쪽(게자리부터 염소자리까지)은 '기움'을 의미한다. 여름과 가을을 지나는 동안 낮은 점점 짧아진다.

수직축의 양쪽 끝은 하지(6월 21일)와 동지(12월 21일)로서 두 개의 '지점(至點)'을 이룬다. 주역에서는 이 두 지점을 양점과 음점이라고 부른다. 한편 '분점(分點)'은 춘분(3월 21일)과 추분(9월 23일)인데, 춘분은 태양을 향해 다가가는 와중에 있으며 추분은 태양으로부터 멀어지는 와중에 있다. 분점에는 낮과 밤이 완전한 균형을 이룬다.

사분면

원을 수직축과 수평축으로 나누면 모두 네 개의 영역이 생겨난다. 이때 원의 사분면은 인간의 일생을 84년으로 볼 때 21년을, 자연계에서는 하나의 계절을, 점성학에서는 세 개의 별자리를 의미한다. 이때 세 개의 별자리 중 첫번째는 '기본적'이며, 두번째 별자리는 '고정적'이고, 세번째 별자리는 '가변적'이라고 이름 붙인다. 이 내용은 〈그림 4〉에 요약되어 있다.

이 사분면은 각각 세계를 이해하는 관점이 다르다.
I : 직관　　II : 감정　　III : 지각　　IV : 사고

퍼스놀로지 이론은 기본적으로 지구 중심의 체계를 가지고 있기 때문에, 두 분점(춘분과 추분)과 두 지점(동지와 하지)을 중요하게 생각한다. 전통 점성학은 천체 중심인데 반해, 퍼스놀로지 이론에서는 우리가 살고 있는 지구, 우리가 살아가는 일상을 중심으로 모든 것을 해석한다.

| 글쓴이 |

게리 골드슈나이더 Gary Goldschneider

게리 골드슈나이더는 에너지의 주간(5월19-24일)에 태어나.
젊은 시절 주로 전기문학과 정신분석 이론에 관한 책을 읽으면서
인간의 다양한 성격에 매료되었다. 3년 동안 예일 대학에서
정신의학을 공부했지만 결국 의사의 길을 택하지는 않았다. 대신 그는
점성학에 깊이 빠져 점성학과 인간 성격에 대한 상징적인 관계를 탐구했다.
또 그는 뛰어난 피아니스트이자 작곡가로서,
1985년 네덜란드로 이주한 이후로는 콘서트도 자주 열고
음악 강좌도 진행하면서 작곡활동까지 병행하고 있다.
물론 정기적으로 네덜란드의 한 잡지에 점성학에 대한 칼럼을 기고하는 일도
빼놓을 수 없는 그의 활동이다.

| 일러스트 |

주스트 엘퍼스 Joost Elffers

주스트 엘퍼스는 암스테르담 태생으로 혁명의 주간(11월19-24일)에 태어났다.
그는 지난 20년 동안 《탱그램Tangram》《고양이의 요람Cat's Cradles》 등
여러 책의 일러스트를 담당했으며, 현재 뉴욕에 살고 있다.

| 옮긴이 |

최소영 · 최이정

자매 사이인 최소영, 최이정은 둘 다 천재의 주간(1월 23-30일)에 태어났다. 이 책이 말해주듯 어린 시절 가
족으로서 둘 사이는 '최악' 이었으나 어른이 되어서는 같은 길을 걸어왔다. 언니인 최소영은 연세대 신문방송학
과를 졸업하고 《경향신문》 기자로 일하다 현재는 쓰고 번역하는 일을 하고 있으며, 동생 최이정은 한국외국어
대 불어과를 졸업하고 《일요신문》《뉴스위크》 기자를 거쳐 역시 작가이자 전문번역가로 활동하고 있다.

《내 별자리의 비밀언어》 시리즈에 대한 더 자세한 사항은
www.byol4u.co.kr을 방문하면 알 수 있습니다.